L'INCONSTANCE DE LA FORTUNE, DEPEINT DANS LES AVANTURES D'APOLLONIUS DE TYR.

Histoire interessante & susceptible de Morale. Ou l'on voit un enchainement continuel de Bonheur & de Disgraces, pour donner de la Crainte aux plus Fortunez, & de l'Esperance aux plus Malheureux,

PAR MONSR. LE BRUN.

A ROTTERDAM,
CHEZ JEAN HOFHOUT,
MDCCXXVI.

A MONSIEUR DE...

MONSIEUR,

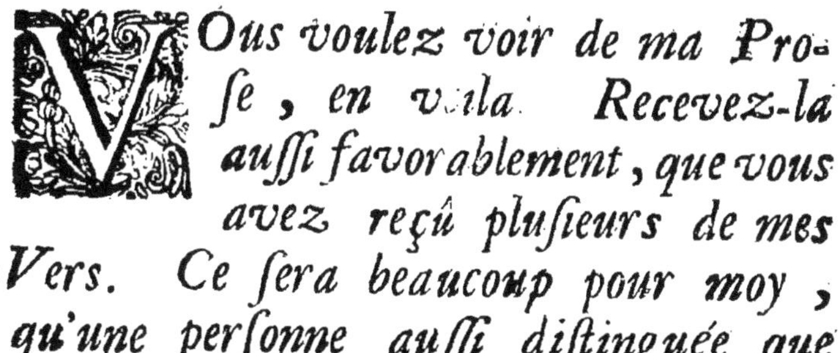

VOus voulez voir de ma Prose, en voila. Recevez-la aussi favorablement, que vous avez reçû plusieurs de mes Vers. Ce sera beaucoup pour moy, qu'une personne aussi distinguée que

Vous par son esprit, & par sa science, m'honore du moindre suffrage. Je ne parle point de vos autres qualitez; il ne s'agit ici que de celles qui font l'apanage des belles ames, & des heureux génies. Quoique vous m'ayez interdit le Parnasse, pendant que je travaillois à cet ouvrage, je ne l'ai point perdu de vûë entierement. Vous y verrez en quelques endroits des expressions qui se sentent du commerce des Muses.

Qu'un vase ait renfermé de bacchiques liqueurs,
Il conserve longtems de bacchiques odeurs.
En vain pour m'éloigner des rives du Permesse,
J'ai voulu quitter les neuf Sœurs,
Mon penchant me porte sans cesse,
A goûter de leurs loix les charmantes douceurs.
Aussi fidele que sensible,
Je vous rends, doctes Sœurs, un hommage constant,
Tel est de mon destin l'ascendant invincible,
Je vous retrouve en vous quittant.

Un

EPITRE.

Un Poëte est contraint souvent, même en Prose, de donner carriere aux saillies de son imagination.

Il veut vainement rejetter
De ses expressions l'hyperbolique emphase,
Et sur les aîles de Pégase
Malgré lui quelquefois il se sent emporter.
Si sa plume n'ouvre sa veine
Boüillante, féconde, trop pleine,
Que n'a-t-il point à craindre en ce besoin, pressant?
S'il enfante, c'est avec peine,
Son stile devient languissant.
Quoy qu'en Prose, il se livre au beau feu qui l'anime,
Il se laisse entraîner à ses nobles transports,
Et tout ce qu'il peut faire avec tous ses efforts,
C'est de prendre le soin d'en retrancher la rime.

Vous devez sçavoir mieux que personne, MONSIEUR, ce que c'est que d'être inspiré d'Apollon, & que de posséder cet art merveilleux, & di-

divin, que les ignorans, & les profanes méprisent, & tâchent d'avilir, mais que les gens d'esprit admirent, & réverent. Ce n'est point ici l'endroit d'en faire l'éloge, mais celui de me dire en Prose, ainsi que je l'ai déja fait tant de fois en Vers,

MONSIEUR

Vôtre tres-humble & tres-obéissant serviteur,

LE. BR.

PREFACE.

JE ſçai que l'eſprit de l'homme, naturellement vain, & orgueilleux, n'aime point qu'on lui en impoſe; qu'il veut qu'on lui donne le vrai pour vrai, & le faux pour faux; que l'amour propre, quoique fort ſujet à ſe tromper ſoy-même, ſe revolte contre tout ce qui a deſſein de le tromper. Ainſi je ne garantirai point la vérité de cette Hiſtoire, qui paroîtra peut-être Romaneſque à ceux qui ne ſont point initiez dans les ſecrets vénérables, & myſtérieux de l'antiquité. Cependant, quelque fabuleuſe qu'on puiſſe la croire, par les faits ſinguliers, & peu vraiſemblables qu'elle contient, les Sçavans à qui l'on doit déférer en ces matieres, prétendent qu'elle n'eſt point apocryphe, & qu'Apollonius a composé lui-même l'hiſtoire de ſa vie, & de ſes avantures, dont il reſte encore quelques fragmens traduits en Latin. Je m'en ſuis ſervi comme de mémoires. J'ai lié enſemble, du mieux qu'il m'a été poſſible, ces incidens divers, dont le tiſſu paroît ſi bizarre, & ſi touchant. *

Si

* *Voſſius le pere prétend que l'édition de ces Fragmens Latins, dont le manuſcrit eſt dans la fameuſe Biblioteque d'Ausbourg, fut publiée par Marc Velſere ; & Barthius, livre 58. chapitre premier de ſes Recüeils critiques, dit & croit, que le Traducteur vivoit du tems de Caſſiodore, & que c'étoit Simpoſius, de qui nous avons pluſieurs Enigmes Latines.*

Si quelque délicat, & ſcrupuleux Chronologiſte a quelque reproche à me faire, je lui réponds, que je ne réponds de rien. Il n'y a que des eſprits téméraires, & peu judicieux, qui entreprennent de débrouiller le chaos de ces tems reculez. Les guides qui prétendent être infaillibles, en nous conduiſant dans les ténebres, doivent paroitre ſuſpects. Un peu de crédulité procure ſouvent beaucoup de plaiſir. On doit plaindre ceux qui ne veulent rien croire, qu'on n'ait en main des preuves indubitables de ce qu'on avance. Comment s'y prendre pour les perſuader, puiſque parmi des Auteurs, contemporains des Princes dont ils ont écrit l'Hiſtoire, on voit des contradictions manifeſtes ?

Un Auteur doit penſer dans ſon travail à quelque choſe de plus, qu'à plaire à un Lecteur, dont il puiſſe amuser seulement l'oisive, & infructueuse curiosité, & renfermer sous des dehors qui plaisent, des leçons qui instruisent. Ces traits qui semblent ne tendre qu'à le divertir, sont des stratagêmes ingénieux, dont on se sert avec art, pour lui faire goûter la morale avec moins d'amertume. Il faut flater l'esprit, pour gagner le cœur, & se rendre agréable, pour tâcher d'être utile.

Cette Histoire m'a paru interessante, & susceptible de morale. On y voit un enchainement continuel de bonheur, & de disgraces, qui nous tracent une image de l'inconstance de la fortune. Les malheurs d'Apollonius pourront donner de la crainte aux plus fortunez, & ses prospéritez pourront rendre l'espérance aux plus malheureux. Le vice y est puni, la vertu récompensée; le pouvoir des Dieux, le culte, & le le respect qu'on leur doit, y sont établis. J'ai essayé de conformer mon stile, & mes idées à un fameux modele, qui a fait tant de bruit dans le monde, & qui y a été reçû avec un applaudissement universel. L'élocution poétique, & figurée, n'a peut-être pas peu contribué à sa vogue, & à sa réputation. J'ai crû, sans prétendre me comparer à lui, qu'on ne pouvoit s'égarer en marchant sur ses pas, & que s'il étoit difficile de l'atteindre, il étoit glorieux de le suivre. Ma plume, peut-être un peu trop téméraire, prit l'essor sur de si belles traces. J'entrai avec plaisir dans une carriere, qui flatoit mon inclination pour la Poésie. Le Héros qui va paroitre, lui fournissoit un sujet assez brillant. La difficulté du succés ne me rebuta point; elle anima mon courage, rien ne parut impossible à mon ar-

ardeur. Je n'envisageai ni les écueils où m'exposoit cette entreprise, ni le risque d'y échouer. Ebloui par les charmes d'un si beau travail, je passai en peu de tems du projet à l'exécution ; & touché des malheurs, & de la vertu d'Apollonius, je ne songeai qu'à tirer son nom de l'injurieux, & profond oubli, où il étoit enseveli depuis si long-tems. Heureux, si aprés son naufrage sur les côtes de Cyrene, il n'en fait point ici un second, & si aprés tant de travaux, & de peines, il rentre dans le port de Tyr, aussi favorablement que le jeune fils d'Ulisse arrive dans celui d'Ithaque. Le stile m'a paru assez convenable au sujet. Ces sortes d'histoires étonnantes, & merveilleuses, sont peu différentes de l'Epopée, & peuvent être appellées des Poëmes en Prose. La cadence harmonieuse des mots,

mots, & la noble vivacité des expressions qu'on est obligé d'y répandre, en soûtiennent le caractere. Une Prose trop sage, & trop uniforme, dans des faits extraordinaires, & surprenans, paroit froide, & insipide, si le secours, & les ornemens de la Poësie ne réveillent cette langueur. Il faut conformer les épisodes au sujet, & le langage aux épisodes. L'irrégularité, qui est quelquefois vicieuse, devient une beauté, quand elle est mise en usage avec art. La monotonie épuise, & fatigue l'attention du Lecteur, qui aime souvent une variété agréablement bizarre. Je n'en dis pas davantage, de peur de tomber moy-même dans l'inconvénient dont je parle. Le Public, autant éclairé, qu'équitable arbitre des ouvrages qu'on lui donne, va juger de la destinée de celui-ci. Je respecte ses dé-

décisions, qui sont pourtant quelquefois ingrates envers ceux qui se donnent beaucoup de peines pour lui.

LES AVANTURES D'APOLLONIUS DE TYR.

NTIOCHE, Capitale de la Syrie, & célebre par le commerce de ſes habitans, & par la fertilité de ſon rerroir, que l'Oronte arroſoit de ſon onde, eut un Roy puiſſant, nommé Antiochus, qui donna ſon nom à cette Ville ſi fameuſe Il épouſa une des plus illuſtres Princeſſes de l'Orient, & ne joüit pas long-tems avec elle des plaiſirs que procure la douce union de deux cœurs, que la mort ſeule peut diviſer. Elle mourut à la fleur de ſon âge, aprés avoir mis au jour une fille, nommée Cléobule,

dont la Nature avoit fait ſon chef-d'œuvre, & qu'elle avoit ornée de trop de charmes pour une mortelle : auſſi s'attiroit-elle l'admiration de tous ceux qui la voyoient, & les vœux de ceux qui entendoient parler d'elle. Rien ne lui pouvoit être ni préférable, ni même égal. Elle étoit telle qu'on nous repréſente la Mere des Graces & des Amours, & jamais Cithere & Paphos ne virent briller avec plus d'éclat leur aimable Reine. A peine eut-elle atteint l'âge de vingt ans, que les plus grands Princes de l'Aſie, ſurpris de ſa beauté, qui faiſoit tant de bruit, & qui s'angmentoit de jour en jour, ſe diſputerent à l'envi l'honneur de mériter cette Princeſſe.

Le pere incertain ſur qui tomberoit le choix qu'il devoit faire d'un gendre, ſentit naître en lui même des tranſports qui l'emportoient au delà des bornes de la tendreſſe qu'il devoit avoir pour ſa fille. Il veut d'abord repouſſer les atteintes de cette flame illégitime. Les grands crimes ne triomphent pas ordinairement dés le premier coup qu'ils portent, la raiſon les combat quelque tems : mais à la fin elle cede de malgré sa résistance; telle est la foiblesse de l'homme.

Antiochus étoit un Roy dont le pouvoir étoit connu & redouté dans toute l'Asie : quoyque susceptible des plus grandes foiblesses, il avoit de la valeur jusqu'à l'intrépedité & de la politique, jusqua'à déconcerter la prudence de ses alliez & celle de ses ennemis. Il étoit grand homme de guerre & de cabinet ; actif, jusqu'à être infatigable; méprisant son repos pour sa gloire, & sa gloire pour son interêt; infidele aux droits du sang, comme à ceux de l'amitié ; dur jusqu'à la barbarie, & même jusqu'à la férocité ; aussi téméraire que hardi, & aussi méfiant que brave.

Ce Prince fait d'inutiles efforts pour écouter la raison qui condamne ses desirs. D'un côté sa passion le tyrannise, de l'autre la honte le retient. Enfin vaincu par son ardeur incestueuse, il succombe : Cléobule avec tous ses charmes se présente sens cesse à son esprit; il ne peut consentir à lui donner un époux. Quoy, disoit-il en lui-meme, cette beauté que j'ai élevé avec tant de soin, dont j'ai fait mes plus cheres délices, paſſera dans les bras d'un autre! Non, je ne puis le ſouffrir. Pourquoy ne me ſera-t-il pas permis d'aimer ce qu'il y a de plus aimable? Le ſang qui doit nous unir doit-il nous ſéparer? Si la loy m'en fait un crime, la nature m'en fait une néceſſité. Loix cruelles, qui vous oppoſez à ce qu'il y a de plus doux & de plus naturel, je ne vous connois plus, ou ſi je vous connois encore, diſpenſez-moy de vous obéir vous ne devez point être faites pour les Rois, ni pour les Amans. Mais pourquoy me reprocheroit on ma foibleſſe? Cléobule en eſt la cauſe, une ſi belle excuſe me juſtifie aſſez. C'eſt ainſi qui ſouvent nôtre cœur, ingénieux & habile à ſe tromper, cherche & trouve des raiſons pour ſe ſéduire lui-même.

Ce Prince malheureureux ne ſuit plus que ſon aveugle emportement; il ſecouë le joug des remords & des réflexions qui empoiſonnent ſes vœux & ſes plaiſirs; l'amant lui fait oublier le pere, & ne pouvant plus renfermer le feu qui le dévore, il entre un matin dans la chambre de ſa fille, & fait retirer tout le monde, comme s'il avoit quelque chose de particulier à lui dire. Son cœur est agité, ses yeux sont étincelans, sa voix est tremblante ; chaque soûpir est un crime : puisje le réciter sans en faire un moy même? mon sang se glace dans mes veines, mes cheveux se dressent d'horreur ; le dirai je? Ce pere dénaturé veut arracher à sa fille ce qu'elle ne doit donner qu'à un amour légitime. Il sort comme un furieux, sans avoir pû contenter sa rage detestable.

Cette malheureuse Princesse s'abandonne à la douleur, & se livre au desespoir ; elle eût voulu trouver la mort. Qu'on se figure la cruelle situation d'une personne bien née qui se trouve en cet état Elle est surprise que la foudre du Ciel n'ait point encore puni le criminel Antiochus ; elle ne peut croire qu'il vive encore. Elle se voit contrainte à haïr celui que les plus sacrez devoirs l'obligent d'aimer ; & long-tems en balance entre la vie & la mort, elle ne sçait quel parti elle doit prendre.

Celle qu'on avoit chargée du soin de son déucation entra quelques momens aprés ; & voyant les yeux de Cléobule baignez de pleurs: Qu'avez vous, lui dit-elle? & d'où veint le trouble & le desordre de vos sens? Ne me regarde point, lui répondit la Princesse, je suis un objet d'horreur ; je ne puis plus supporter la vûë du jour. Enfin pressée d'éclaircir ce mystere: Que dirai-je de plus, ajouta-t-elle? on vient de faire l'outrage plus sanglant à ma vertu ; on veut me ravir ce que j'ai de plus cher, & ce que je réserve pour celui que l'hymen doit unir avec moy. La Confidente frémît à ce discours; & aprés lui avoir dit de demander vengeance à son pere, de l'insolent qui avoit cette témérité: Ha! lui dit Cléobule, je n'ai plus de pere, il sort d'avec moy, tu dois m'entendre assez: c'en est fait, je n'ai que trop vécu. Plus de gloire, plus de repos pour moy ; je rougis d'un amour qui ne peut exciter que ma haine. De pareilles horreurs sont des monstres qu'il faut étouffer en naissant. Que le barbare, en voulant m'ôter l'honneur, ne m'a-t-il ôté la vie? Le trépas doit fermer ces yeux infortunez, qui ont pû allumer de semblables flames ; il faut que ma mort dérobe l'affreuse connoissance de

ce

ce ſecret horrible. La Confidente fit ce qu'elle put pour la détourner d'un deſſein ſi cruel, & lui dit, que la plus ferme vertu n'étoit point à l'épreuve de la violence, & qu'elle prît des précautions pour éviter la rencontre de ſon pere. Elle fit tant, qu'elle la perſuada.

Cependant ce pere coupable, pour intimider ceux qui demandoient ſa fille en mariage, leur propoſoit pluſieurs queſtions, à condition que celui qui pourroit les réſoudre, épouſeroit ſa fille, & que les autres perdroient la vie, & ſeroient ſacrifiez de ſa propre main. Il ne laiſſa pas de voir entrer dans la lice une foule de concurrens, qui loin de ſe décourager, mépriſoient la mort dans l'eſpérance d'obtenir la Princeſſe. Mais que leurs prétentions étoient mal fondés! C'eſt en vain que pluſieurs trouverent la ſolution des difficultez qu'on leur propoſoit; ils n'en étoient pas plus heureux. Le Roy qui ne vouloit jamais convenir qu'ils euſſent ſatisfait à ce qn'il éxigeoit d'eux, les failoit mourir, & ordonnoit qu'on attachât leur têtes aux portes de ſon Palais, afin que ce ſpectacle effrayât ceux qui auroient l'imprudence de s'expoſer à ce malheur.

Tandis qu'Antiochus exerçoit toutes ces cruautez, un jeune Prince de Tyr, nommé Apollonius, arriva dans la ville d'Antioche, alla ſaluer le Roy, & lui dit, qu'étant Prince de Tyr, il croyoit pourvoir fonder ſus les droits de ſa naiſſance la demande qu'il venoit lui faire de Cléobulé en mariage. Prince, répondit Antiochus, vous ſçavez à quelles conditions j'ai promis ma fille. Quand je l'aurois ignoré, repartit Apollonius, les portes de vôtre Palais m'en ont aſſez inſtruit, & le ſort de tant de malheureuſes victimes ne rallentit point l'ardeur de mon courage.

Le Roy ſurpris, & fâché de lui voir tant de réſolution & tant de fermeté, plein de l'ardeur fatale & tyrannique qui l'occupoit uniquement, lui propoſa une queſtion qui n'y avoit que trop de rapport, puiſque c'en étoit le ſujet. Juſte punition que les Dieux ont attachée à ceux qui mépriſent leur divine & reſpectable puiſſance. Les criminels ſe trahiſſent malgré leurs inutiles précautions; ils ſont de vains efforts pour cacher leurs crimes & la honte qui en eſt inſéparable, & ils ſe ren-

rendent eux mêmes les victimes de leurs forfaits. Apollonius, aprés avoir réfléchi quelques momens, lui répondit : J'ai percé l'obscurité de vôtre énigme ; vous & vôtre fille en êtes le sujet : je ne veux & je ne puis en dire davantage. Antiochus étonné de la pénétration de ce jeune Prince, qui avoit découvert cette affreuse vérité, le regarda d'un œil enflamé de colere : Vous vous trompez, lui dit-il ; vous mériteriez le sort de ces infortunez qui se sont exposez témérairement à périr ; mais je veux bien encore vous accorder quelques jours, pour penser avec plus d'attention au parti que vous devez prendre : songez-y bien, & au bout du tems que je vous aurai prescrit, venez recevoir ou ma fille, ou la mort.

Le jeune Prince alla voir Cléobule, à qui il fit toutes les protestations de tendresse que l'amour put lui suggérer. Le bruit de vôtre renommée est venu jusqu'ici, & le peu de répugnance que j'ai à vous écouter vous fait voir que je sçai qui vous êtes, lui dit la Princesse. Que je vous plains, jeune étranger, lorsque je pressens le sort qu'on vous prépare ; vous avez ici tout à craindre : ne prétendez plus à mon cœur, ni à ma main. Vous frémiriez d'horreur, si vous sçaviez ce que vous demandez. Que ne m'est-il permis d'en disposer, vous l'emporteriez sur tous vos rivaux. Si vous les connoissez tous, vous devez trembler. Une pitié secrete m'interesse pour vous ; fuyez l'aspect de ces lieux redoutables ; fuyez, Prince malheureux, & croyez que la haine n'a point de part au conseil que je vous donne.

Apollonius voyant le danger qu'il couroit, prit le dessein de retourner à Tyr. Déja les voiles déployées flotoient dans les airs au gré des vents favorables ; déja son vaisseau sous d'heureux auspices fendoit majestueusement les ondes impétueuses de la mer : lors qu'Antiochus au désespoir de ce que son secret étoit connu, donna ordre à Taliarque, un de ses Généraux, & de ses plus chers Confidens, de poursuivre en diligence le jeune Prince Tyrien, & de lui rapporter sa tête ; & lui promit une récompense égale à son zele

Taliarque, sans perdre de tems, équipe

pe quelques vaiſſeaux, part, & prend la route de Tyr. Mais Apollonius arriva heureuſement avant lui; & ayant repaſſé dans ſon eſprit les périls où l'expoſoient & ſon imprudence & la fureur d'Antiochus: Que tu es à plaindre, dit il, malheureux Apollonius; en découvrant le crime d'un pere coupable, tu t'es perdu toy même Antiochus aime ſa fille, tu l'as crû, tu l'as dit; il en veut à tes jours, & il n'a différé ta mort que pour la rendre plus terrible. Sa puiſſance te met hors d'état de pouvoir lui réſiſter; fuis, & dans la fuite cherche à éviter ſon courroux. Prends ſur toy ſeul tous les malheurs dont tes Etats ſont menacez. Quand les Dieux auront mis fin à tes disgraces, tu retrouveras ton peuple également fidéle: ſuppoſé même qu'incertain de ton ſort, il ſe donnât un nouveau Maître, ne vaudroit-il pas mieux le voir heureux ſous les loix d'un autre, que malheureux ſous les tiennes? Va chercher du ſecours & de l'appui chez des Rois amis de la juſtice & de la vertu. Ménage des ſecours & des forces, qui jointes aux tiennes, n'épuiſent tes Etats ni d'hommes, ni de finances. Auſſi-

Auſſitôt il fait préparer une flote chargée d'or & d'argent, d'une grande quantité de grains, & de ce qu'il avoit de plus magnifique & de plus précieux; aprés avoir remis en de ſûres mains l'adminiſtration & le gouvernement de ſes Etats, accompagné de ſes plus fidéles ſerviteurs, à la faveur des ténebres de la nuit, il quitte le port de Tyr, & ſe met en mer, ſans autres témoins que les gens de ſa ſuite.

Le lendemain on cherche inutilement Apollonius, on ne trouve que ſon Palais deſert & abandonné; ſon départ précipité répand la conſternation dans toute la ville; l'inquiétude s'empare de tous les eſprits; on craint mille maux que l'on ſe figure, & que l'on ne veut pourtant pas croire. La tendreſſe eſt toûjours promte à s'allarmer. On formoit mille vœux impuiſſans pour lui; ce n'étoit de toutes parts qu'un murmure confus de ſoûpirs, de regrets & de plaintes. Helas, diſoit-on, la juſtice a perdu ſon appui, l'innocence ſon défenſeur, la vertu ſon eſpérance. Les vieillards levoient leurs mains tremblantes au Ciel, pour

pour lui demander le retour de leur Prince. Les jeunes gens s'interdisoient tous les plaisirs. C'étoit un crime que de n'être point touché du malheur public. Chacun se jettoit aux pieds des Autels, les voûtes des Temples retentissoient de gémissemens; quelles victimes n'offrit-on pas en sacrifice? Il étoit si aimé de ses sujets, que les spectacles furent suspendus, les bains furent fermez, les plaisirs cesserent, les artisans interrompirent leur travail, & tous les cœurs inconsolables n'étoient occupez & remplis que de leur affliction.

Un Prince si aimable ne méritoit pas d'être moins regretté. Protecteur des arts & des sciences, il aimoit plus la pratique de la justice, que la réputation de Prince juste. Rigide pour les fautes qui étoient contre l'Etat, indulgent pour celles qui ne regardoient que lui-même. Cherchant plus à se soûmettre aux volontez des Dieux, qu'à contraindre ses peuples à se soûmettre aux siennes, il n'éxigeoit de ses sujets rien d'injuste, ni de préjudiciable à leurs intérêts, ni à sa gloire.

Ta-

Taliarque dans le dessein d'éxécuter les ordres cruels dont il étoit chargé, arriva dans la ville de Tyr, qu'il trouva dans un état si déplorable; & s'étant informé de ce qui causoit cette désolation générale : Pouvez-vous ignorer, lui répondit celui à qui il faisoit cette demande, pouvez-vous ignorer le sujet de nôtre douleur? Apollonius nôtre Prince, qui nous est cent fois plus cher que nôtre vie & que tous nos biens, de retour de chez le Roy Antiochus, n'a paru ici qu'un instant. Nous ne sçavons ce qu'il est devenu; si vous pouvez nous l'apprendre, nous vous serons éternellement redevables du plus grand des bïenfaits. Enseignez-nous, au nom des Dieux, où nous pourrons le trouver; quelques dangers qu'en le cherchant nous puissions courir, nous nous y exposerons sans les craindre : il n'est point d'extrémité où le chagrin de l'avoir perdu ne nous réduise; & s'il faut nous résoudre à ne plus le voir, la vie n'est qu'un fardeau & qu'un supplice pour nous, dont la mort sçaura bientôt nous délivrer.

Taliarque dissimula son dessein, & prit

prit celui de retourner dans la ville d'Antioche, où il apprit au Roy ſon maître, qu'Apollonius redoutant ſon pouvoir & ſa vengeance, s'en étoit mis à couvert par une prudente & promte fuite. Il peut la fuir, lui dit Antiochus, mais il ne peut l'éviter ; & promit une ſomme conſidérable à quiconque lui livreroit cet ennemi mort ou vif.

Pluſieurs de ſes Courtiſans animez par l'intérêt, ce grand moteur des plus difficiles entrepriſes, réſolurent de le chercher, ſans examiner ſi les ordres de ce Prince étoient juſtes, & ſi ſon reſſentiment étoit légitime. Toutes les peines qu'ils prirent ſe trouverent inutiles, le Roy voulut lui-même le pourſuivre. Les chênes les plus hauts que le tems & la rigueur des ſaiſons avoient reſpectez, furent abattus. Les Forêts voiſines retentirent au loin du bruit de leur chûte. La mer fut couverte de leurs dépoüilles, & ces majeſtueux Habitans des Bois ſe virent tranſporter ſur l'humide empire des flots. Pendant le tems qu'on employoit à faire équiper une flote nombreuſe & formidable, Apollonius aborda en Cilicie dans la ville de Tarſe. Comme il ſe promenoit ſur le rivage, il fut apperçû par un vieux Tyrien, nommé Hellanicus, qui l'ayant reconnu, le ſalua comme ſon Prince.

Apollonius, ainſi que font ſouvent les Grands, ne fit pas attention à celui qui lui parloit. Ne me mépriſez point, parce que je ſuis de baſſe naiſſance, lui dit le vieillard; la pauvreté n'eſt point à dédaigner, quand la vertu l'accompagne. Si le Ciel vous a mis au deſſus des autres hommes, c'eſt un avantage dont l'orgüeil ne doit point ſe prévaloir. Plus on eſt élevé, plus il eſt beau d'être acceſſible, & de deſcendre quelquefois de ſa grandeur, pour conſoler les malheureux: tels doivent être les ſentimens d'un Prince vertueux, comme vous l'avez toûjours été. Pardonnez-moy la liberté avec laquelle je vous parle; c'eſt la tendreſſe que j'ai pour vous qui me la donne. Vous êtes jeune encore, & l'expérience vous prouvera quelque jour la vérité de ce que j'ai la hardieſſe de vous dire. La noble & reſpectueuſe fermeté avec laquelle il parloit, donnoit à ſes diſcours

cours une autorité qui le fit écouter. Gardez-vous, pour ſuivit-il, de vous laiſſer ébloüir par le faux éclat de la fortune ; écartez de vous cette foule de flateurs qui ne cherchent qu'à vous ſéduire. Croyez qu'il ne faut jamais rebuter perſonne, & que ſouvent aux plus grands les plus petits peuvent être utiles. Pour preuve de ce que j'avance, j'ai un avis important à vous donner, c'eſt qu'Antiochus, ce Roy inhumain & ſanguinaire, médite vôtre perte, & a mis vôtre tête à prix. Vous ſçavez quelles ſont ſes forces ; je tremble pour vous. Mille bras prêts à vous immoler, ſont armez pour vôtre mort. La mer complice à regret de ce deſſein parricide, couverte de vaiſſeaux qui conſpirent contre vous. Nous en avons découvert d'ici pluſieurs, qui, ne ſçachant où vous êtes, tiennent une route incertaine, & vous préparent un écüeil plus à craindre que les rochers les plus terribles. Je connois vôtre courage : mais que ſert la valeur contre le nombre & l'artifice ? Mettez déſormais vôtre eſpérance & vôtre ſeureté dans vôtre éloignement de ces bords funeſtes, & dans le ſecours des Dieux qui ne vous refuſeront pas leur aſſiſtance, & qui protegent toûjours l'innocence & la vertu.

Aprés qu'Hellanicus ſe fut retiré, Apollonius fit rappeller ce ſage & vénérable vieillard, & commanda qu'on lui donnât la même ſomme qui étoit promiſe à celui qui le feroit mourir. Hellanicus la refuſa généreuſement : Me préſervent les Dieux de la recevoir, dit-il. La ſatisfaction que l'on a d'une bonne action en doit être la ſeule récompenſe. Le prix que l'on reçoit d'un bienfait, eſt un crime pour les cœurs vertueux. L'amitié ne doit ni s'acheter, ni ſe payer. Les ſervices doivent ſe rendre gratuitement, & le plaiſir d'obliger quelqu'un, vaut mieux que tous les tréſors du monde. Apollonius admira cette grandeur d'ame. Quel éxemple pour nous! dit-il, un homme d'une ſi médiocre condition nous donne des leçons de généroſité ! Quelle différence des gens du peuple, à ceux qui fréquentent la Cour ? Trouve-t-on chez les Grands tant de bonne foi, de raiſon, de droiture, & de ſageſſe ? L'intérêt con-

conduit toutes leurs démarches, la politique forme toutes leurs intrigues, la flatterie les fait parler, l'ambition les fait agir. O Dieux ! continua-t-il, si vôtre justice respectable a résolu ma mort, empêchez-moy du moins de tomber entre les mains de mes ennemis ; prévenez par mon trépas la honte de céder à leur rage. Et vous, ministres du Dieu des tempêtes, flots impétueux, qui battez fierement ce rivage, entr'ouvrez pour m'engloutir les gouffres profonds de vos humides abîmes.

Tandis qu'il entretenoit ainsi ses tristes réveries, sur le bord de la mer, il vit venir à lui un homme, qui portoit la douleur peinte sur son visage. Qu'avez-vous, Seigneur, lui dit Strangulion en l'abordant ? (c'étoit le nom de celui qui s'offroit à ses yeux) D'où vient le trouble où vous êtes ? Vous voyez, répondit Apollonius, un Prince infortuné, qui vient ici chercher un asile contre l'inhumanité d'Antiochus. Seigneur, ajoûta Strangulion, nôtre Ville est fort pauvre, & n'est point en état de vous fournir tout ce qui peut vous être nécessaire ; d'ailleurs nous ſommes dans une extréme diſette de grains, une famine cruelle nous preſſe & nous dévore ; chacun languit ici dans la miſere, & traîne une vie mourante & importune : la mere voit ſon enfant expirer entre ſes bras ſur ſes mammelles ſtériles ; les plus robuſtes ſuccombent d'inanition. La terre devenuë avare, refuſe à ſes habitans leur nourriture ordinaire ; l'herbe ſe deſſeche, & meurt en naiſſant ; les troupeaux ne trouvent plus à paître dans les guérets ; les arbres ſans fruits & ſans feüilles ne ſupportent qu'à peine leurs rameaux inutiles ; les ruiſſeaux ne coulent plus dans nos prairies : la Nymphe de chaque fontaine, appuyée languiſſamment ſur ſon urne, ne voit plus d'eau couler que de ſes yeux baignez de pleurs. Le laboureur mal récompenſé des peines qu'il a priſes pour ſes champs ingrats, qu'il a cultivez vainement, ſent évanoüir ſes eſpérances. En vain nous offrons chaque jour des ſacrifices à l'inéxorable Cérés, nos vœux ſont rejettez, & Tarſe ſera bientôt ſans citoyens.

Rendez graces au Ciel, qui m'a conduit

duit en ces lieux, dit Apollonius; vous trouvérez en moy tout le soulagement que vous pouvez désirer, pourvû que mes ennemis ne me découvrent point. Strangulion se prosterne à ses pieds, & prenant la parole: Si vous nous secourez dans le besoin où nous sommes, dit-il, vous nous verrez tout entreprendre, combattre, & mourir, s'il le faut, les armes à la main pour vôtre défense; comptez sur nos bras, & plus encore sur nos cœurs. Que ne doit-on pas espérer de ceux que la tendresse anime, que la pitié touche, que la justice inspire, & que la reconnoissance fait agir?

A ces conditions Apollonius, semblable à un fleuve fécond, dont les eaux se répandent sur les campagnes séches & stériles, qu'il arrose, distribua aux habitans de Tarse une partie des grains qu'il avoit apportez. Surpris de se voir rendus à la vie, courbez agréablement sous le poids de ces précieux dons de la blonde Cérés, ils ressembloient à des moissonneurs qui joüissent des fruits dorez d'une heureuse récolte. Qu'on lui adressa de loüanges & d'actions de graces: on le re-

regardoit comme un Dieu tutélaire & libérateur, qui étoit venu du Ciel ſous la figure d'un homme. Si c'eſt un mortel, diſoit-on, il reſſemble moins au reſte des hommes, qu'aux Dieux : il eſt né pour faire du bien, & pour donner du ſoulagement aux malheureux. Sans doute les Dieux le deſtinent à gouverner un peuple qu'ils chériſſent particulierement, & chez lequel ils veulent faire renaître le ſiecle d'or.

Apollonius écoutoit modeſtement ces loüanges, qui n'étoient point ſuſpectes de flaterie ; il n'étoit ſenſible qu'à celles qui partent de la ſincérité, & qui cauſent ce plaiſir ſi doux & ſi pur que les Dieux ont attaché à la vertu.

Pour reconnoître ce bienfait ſignalé, on lui fit élever dans la plus belle Place de la Ville une magnifique Statuë, avec cette Inſcription.

Le Ciel par une faim terrible
Sur nous épuisoit ses rigueurs ;
La mort seule à nos vœux sensible,
Alloit terminer nos malheurs :
Quand ce Prince en ces lieux ramenant l'abondance,
Nous sauva généreusement :

Pour montrer sa reconnoissance,
Tarse lui fit dresser ce pompeux Monument.

Quelque tems aprés, Strangulion, & Dionisiade sa femme, conseillerent au Prince Tyrien de se retirer à Cyrene, ville d'Afrique, où il seroit plus en sûreté, & où la tranquilité, l'abondance & les richesses, pourroient adoucir les rigueurs de son sort. Aprés qu'on lui eut rendu les honneurs qu'il méritoit, il s'embarqua. Ce ne fut point sans regret qu'on le vit s'éloigner ; chacun faisoit des vœux pour lui, & le suivoit des yeux, avec mille acclamations, qui étoient portées jusqu'au Ciel. Que la Déesse de Cypre, s'écrioit-on d'une commune voix, & que les deux Freres d'Hélene, ces Aſtres ſalutaires, puiſſent vous conduire; que le Roy des Iſles Eoliennes & des Vents ſoit vôtre guide, & les renferme tous dans des priſons ſoûterraines, excepté celui qui peut vous être favorable. Vaiſſeau, ſacré dépoſitaire du bien qui vous eſt confié, rendez-le au plûtôt ſans danger ſur les côtes de Cyrene. Puiſſe-t-il y trouver les bienfaits dont il nous a comblez; que le vent d'Afrique, que les bruyans ſouffles des fougueux Aquilons, que les orageuſes Hyades, reſpectent une tête ſi chere.

Sa navigation fut d'abord aſſez heureuſe, & aſſez tranquille. Les douces haleines de quelques zéphirs légers pouſſoient amoureuſement la poupe, ornée de feſtons & de guirlandes de fleurs. L'Aſtre du ciel ſe miroit avec plaiſir dans le criſtal des eaux paiſibles de la mer; une troupe de Tritons empreſſez, accompagnez de Néreïdes curieuſes, entouroient le vaiſſeau: on l'eût pris pour le char de Thétis, ou d'Amphitrite. Il avoit déja fendu un long eſpace de l'onde amere, & laiſſoit au loin derriere lui un ſillon ſur la plaine liquide; déja les tours

tours de Tarſe ſembloient ſe perdre dans les nuës, & ne ſe diſtinguoient qu'avec peine ; lorsque le ciel tout à coup change : un nuage épais obſcurcit le Soleil; Neptune en colere frape trois fois de ſon trident les eaux ſalées ; d'affreux tourbillons troublent les airs, & confondent les élémens ; les flots blanchiſſans ſont couverts d'une écume menaçante ; les mats ébranlez ne peuvent réſiſter à la furie des vents, qui rompent les antennes, & emportent le vaiſſeau à leur gré, en dépit du travail & de l'adreſſe des matelots Phéniciens, ſi habiles dans l'art de la navigation. Ils s'efforcent en vain d'abattre les voiles, qui ſe jettent plus loin que la prouë; mille tombeaux, prêts à tout engloutir, s'ouvrent & ſe referment au même inſtant. Le vaiſſeau voiſin des aſtres, touche le ciel, & retombe dans un profond abîme : les cordages mugiſſent, le tonnerre gronde, les éclairs ébloüiſſans entrecoupent les nuës enflamées. La grêle & la pluye augmentent l'horreur de l'orage. Tantôt la vague irritée ſe roule avec fureur ſur le tillac, & monte juſqu'à la hune; tan-

B 5 tôt

tôt elle bat les flancs du vaisseau, & se brise en humides éclats. Les nochers tremblans, & les matelots effrayez perdent toute espérance. Ces deux Freres qui détournent les orages, & ces oiseaux qui marquent la fin des tempêtes, ne paroissent point à leurs yeux. On ne songe plus qu'à se sauver sur les débris du vaisseau ; tout périt, à la réserve d'Apollonius, qui, à la faveur d'une planche, foible & dangereuse ressource, fut jetté sur le rivage des Cyrénéens.

Quand la frayeur lui eut permis de remettre ses sens agitez, & qu'il se reconnut dans l'état funeste où il étoit réduit : O mer cruelle ! s'écria-t-il, ô barbare Antiochus ! à quoy m'exposez-vous ? Hélas ! que vais-je devenir ? qui voudra secourir un étranger inconnu ? Dieux ! n'est-ce point trop éprouver ma constance ? Par quel crime ai-je pû jamais mériter un tel sort ? Secondez-vous les projets d'un barbare & d'un impie ? êtes-vous contre moy d'intelligence avec lui ? Mais que dis-je ? puisque vous m'avez protégé dans le péril que je viens de courir, je vous dois plûtôt des sacrifices,

&

& des actions de graces, que des plaintes & des murmures. Vous pouvîez m'y laisser périr, aussi bien que tous les autres : vous m'avez voulu donner une occasion de vous montrer ma soûmission & mon courage. La vertu demande des épreuves, & la grandeur d'ame ne brille que dans les revers.

Tandis qu'il faisoit ces tristes & sages réfléxions, un pauvre Pescheur s'approcha de lui. Ayez pitié, lui dit Apollonius, d'un ton qui marquoit assez sa naissance & ses malheurs, ayez pitié d'un homme qui vient de faire naufrage, & qui s'est vû le joüet des vents, des flots & de la fortune. Voyez en moy l'éxemple de son inconstance; que ses faveurs ne vous fassent point envie, consolez-vous d'être né ce que vous êtes : ce n'est point toûjours le rang supreme qui nous rend le plus heureux. Quelles sont les étranges & bizarres révolutions de caprices du sort! Moy qui commande au peuple de Tyr, je me vois contraint à vous demander du secours. Le Pescheur touché de compassion, & attendri pour ce jeune Prince, qui conservoit, malgré ses malheurs sa grace & sa ſa majeſté ordinaires, fit ce qu'il put pour le conſoler, l'emmena dans ſa cabane, & lui ſervit quelques poiſſons qu'il venoit de peſcher, & qu'il accommoda du mieux qu'il lui fut poſſible.

Apollonius ſe voyant dans une ſituation ſi différente de celle où il avoit toûjours été: Sur quoy, dit-il, poura-t-on compter déſormais? Quelle viciſſitude des choſes d'ici-bas! Et réfléchiſſant ſur la bonté de cet hôte ruſtique: Non, ajoûta-t-il, la vertu n'habite pas toûjours ſous des lambris dorez, l'orgüeil l'en a bannie; les Grands connoiſſent-ils la pitié? Leurs yeux ne ſe détournent-ils pas toûjours des malheureux? Le Peſcheur, aprés avoir reçû les remercimens d'Apollonius, lui dit: Je ne puis faire pour vous davantage; je voudrois que mon pouvoir égalât mes deſirs, nous ſerions contens l'un & l'autre. Le ſeul conſeil que je puiſſe vous donner, c'eſt de tourner vos pas du côté de la Ville; là vous pourrez trouver quelqu'un qui ſera plus en état que moy de fournir à tous vos beſoins: ſinon, revenez ici, quelque pauvre que je ſois, je ne vous abandonnerai pas; nous peſcherons enſemble, & nous tâ-

tâcherons de vivre de nôtre travail, jusqu'à ce que le Ciel daigne finir vôtre infortune. Si les destins propices vous rendent un jour ce qu'ils vous ont ôté, souvenez-vous de vos malheurs, & de celui qui y prend autant de part que vous-même. Que les Dieux me punissent, & que j'éprouve encore les horreurs du naufrage, si jamais j'oublie ce que je vous dois, répondit Apollonius. A ces mots il embressa le Pescheur, & prit le chemin de Cyrene, incertain de sa destinée, & se livrant aux réflexions que lui suggéroient ses malheurs. Quel fond doit-on faire sur toy, disoit-il en lui-même, volage & impitoyable fortune, s'il est de si grands revers à craindre pour ceux même que tu as comblez de tes faveurs? Cependant c'est pour les obtenir qu'on te sacrifie son repos, son innocence & sa vie. Vains projets! inutiles espérances! prétentions presque toujours détruites & renversées! que vous coûtez souvent de soins, de peines de travaux & de crimes!

Il entra dans la Ville, suivi seulement de ses chagrins & de ses disgraces. Tandis qu'il cherchoit à qui il pourroit s'adresser

pour

pour avoir quelque secours, il vit un homme vêtu magnifiquement, accompagné de plusieurs autres, & traîné sur un char superbement orné. Il avoit a sa suite un grand nombre de chiens & de chevaux. C'étoit le Roy Alcistrate, qui alloit prendre dans la forêt prochaine le divertissement de la chasse. Apollonius le suivit avec les autres. Un des Courtisans blessa un sanglier monstrueux, qui écumant de rage, vint pour se jetter sur le Roy; lors qu'Apollonius arrachant un dard à un de ceux qui les portoit, s'en saisit, le lance, & tuë le sanglier furieux. Le Roy surpris de son zele & de son adresse, & remarquant dans cet inconnu quelque chose d'extraordinaire, donna ordre qu'on s'informât qui étoit celui qui l'avoit secouru. C'est un malheureux échapé du naufrage, rapporta celui qu'on avoit chargé de cette commission. Allez, lui dit le Roy, & invitez-le de ma part à venir manger ce soir avec moy.

Apollonius accepta l'agréable proposition qu'on venoit de lui faire. Il entre dans le Palais: on admire son esprit & sa sagesse; le Roy le fait asseoir à table à

côté

côté de lui. On ſert un repas ſomptueux & délicat, dont chaque mets faiſoit voir l'opulence & le bon goût d'Alciſtrate. Le Prince Tyrien étoit accablé de triſteſſe, & attentif à conſidérer ces précieux vaſes d'or & d'argent qui couvroient le buffet & la table du Roy. Si je ne me trompe, ce jeune étranger porte envie à vos richeſſes, dit au Roy un des Courtiſans. Vous vous trompez effectivement, repartit Alciſtrate, il paroît avoir l'ame trop généreuſe pour être ſoupçonné de ſi bas ſentimens; il n'envie point mes riceſſes: mais je crois qu'il en a perdu plus que je n'en poſſede. Et tournant ſes regards vers Apollonius: Conſolez-vous, lui dit-il, modérez vos douleurs, eſpérez tout des Dieux, de mes ſervices, & de vôtre vertu.

Iſménide ſa fille entra dans la cambre où ſe faiſoit le repas; & aprés avoir embraſſé, ſelon la coûtume, tous qui en étoient, elle demanda au Roy qui étoit ce jeune homme triſte & affligé, qu'elle voyoit auprés de lui. Je lui dois la vie, répondit Alciſtrate; & peu s'en eſt falu qu'il n'ait perdu la ſienne dans une tempête horrible, dont il vient d'échaper. Je ne ſçai point

point encore ſon nom, ni ſa patrie; vous pouvez vous en informer de lui-même, il ne refuſera pas de vous inſtruire de toutes ſes avantures. Une tendre pitié excitant la curioſité de la Princeſſe, elle s'approcha de l'étranger, & lui dit: Malgré vôtre douleur, & l'état où je vous vois, je découvre en vous quelque choſe de noble & de grand, qui me frape, & qui m'intéreſſe pour vous. Si ma demande n'eſt point indiſcrete, apprenez-moy vôtre nom, & quel rang vous tenez dans le monde. Si vous demandez mon nom, répondit Apollonius, je l'ai perdu dans la mer; ſi vous demandez mon rang, je l'ai laiſſé à Tyr. Parlez plus clairement, expliquez-vous, dit Iſménide. Alors le Prince Tyrien lui déclara ſon nom, & avec tant d'eſprit & de grace il raconta tout ce qui lui étoit arrivé, qu'il tira des larmes de ceux qui l'écoutoient, & qu'il ne put s'empêcher d'en répandre lui-même.

Ma fille, dit Alciſtrate, ne renouvellez plus ſa douleur par des diſcours qui loin de l'affoiblir, ne font que l'irriter davantage. Il faut épargner aux malheureux la peine d'avoüer leurs infortunes. Beniſſons

ſons les Dieux, qui nous donnent une occaſion ſi belle d'éxercer l'hoſpitalité en vers un Prince ſi vertueux : & puiſque nous connoiſſons ſes malheurs, il eſt juſte qu'il connoiſſe à ſon tour nôtre générοſité. La Princeſſe charmée de voir le Roy entrer dans ces ſentimens, & dans des diſpoſitions ſi favorables pour Appollonius, lui dit : Prince, reprenez l'eſpérance ; la juſtice & le devoir nous ſollicitent en vôtre faveur : puiſque mon pere y conſent, vous trouverez dans cet aſile tout le ſecours que vous pouvez prétendre. Les Dieux ne ſont pas infléxibles ; le Ciel quelquefois nous abaiſſe, pour nous mieux élever. Il n'a troublé vôtre tranquilité, que pour vous en faire goûter dans la ſuite les charmes avec plus de douceur. Ceux qui ne connoiſſent point les traverſes, en ignorent les avantages, & s'endorment dans leur proſpérité. Il faut combattre, pour mériter le prix de la victoire. Si j'en crois ce que le Ciel m'inſpire, & mes ſecrets preſſentimens, vous reverrez un jour vos Etats, & le nombre de ses bienfaits égalera celui de vos vertus.

Le Roy fit aporter sur la fin du repas une lyre, dont Isménide tira des sont si harmonieux, qu'elle eût rendu jaloux Linus & Orphée, & qu'elle ne charmoit pas moins les oreilles que les yeux. Elle accompagnoit d'une voix douce & tendre cet instrument, dont elle pinçoit les cordes avec tant d'art, de grace & de délicatesse, qu'il sembloit qu'Appollon lui-même l'eût instruite. Jamais le Méandre ne fit entendre sur ses bords des accens plus mélodieux. Quand elle chantoit dans les bois, les zéphris n'osoient agiter les feüillages, les ruisseaux suspendoient leur murmure, l'onde cessoit d'être fugitive; la tendre & jalouse Philomele demeuroit sans voix, les échos seuls avoient la témérité de répondre à ses chants, & se faisoient un plaisir de les porter jusqu'aux cieux, d'où ils les cryoient descendus. Les Nimphes Siciliennes, qui faisoient expirer les voyageurs dans l'enchantement, au milieu des plaisirs, lui auroient cedé sans honte. Jamais les rochers du Pélore ne ren-

renvoyerent des ſons plus agréables. Iſménide fut écoutée avec une attention qui n'étoit interrompuë que par les exclamations de la ſurpriſe, & par les applaudiſſemens univerſels qu'elle recevoit, qui alloient juſqu'à l'admiration. Appollonius gardoit ſeul le ſilence. Vous ne donnez point de loüanges à ma fille, lui dit le Roy. Toutes les loüanges que je pourrois donner à la Princeſſe, répondit Appollonius, ſeroient au deſſous de celles qu'elle mérite. Je ne ſuis point inſenſible à cet art enchanteur qui produit tant de merveilles, & qui nous fait goûter les plaiſirs des Dieux. Je l'ai appris, je l'ai aimé dés ma plus tendre jeuneſſe : il n'eſt point indigne d'un Prince, qui en s'y éxerçant, donne de l'émulation à ceux qui ont des talens pour s'y diſtinguer. Si les Princes honorent les ſciences, les ſciences ne deshonnorent point les Princes quy s'y appliquent. La Muſique, cette fille du Ciel, eſt un préſent des Dieux favorables, qui ont accordé aux hommes ce moyen innocent d'écarter, & d'affoiblir le triſte ſouvenir de leurs

 maux,

maux, C'eſt une douce occupation, qui ſuſpend & qui charme les ennuis, qui en adoucit l'amertume . & en diſtrait le ſentiment. Les plus grands Philoſophes l'ont étudiée avec ſoin, & les Héros en ont fait ſouvent leurs plus chers plaiſirs. Je vois bien, lui dit Alciſtrate, qu'il n'eſt rien que vous ignoriez. Et lui ayant mis ſur la tête une couronne de fleurs, il le pria de toucher la lyre. Apollonius fit admirer la puiſſance de cet art, dont les effets ſont ſi prodigieux. Jamais celui qui bâtît la ville de Thebes ; jamais le Chantre de Lesbos, n'approcherent de ſon habileté.

Iſmênide charmée des vertus de ce Prince, lui fit donner par ſon pere de quoy ſoûtenir l'éclat de ſon rang, tant qu'il voudroit ſéjourner à Cyrene. Chacun loüa la générosité du Roy & de la Princeſſe: & le repas fini, Apollonius prit congé d'Alciſtrate & d'Iſménide, & ſe retira dans un appartement que le Roy lui avoit fait préparer. Cette Princeſſe avoit un air ſpirituel & gracieux, qui étoit plus charmant que les beautez les plus

plus parfaites. Quoy qu'il n'y eût rien de régulier dans ſes traits, ils compoſoient un tout merveilleux, qui ne ſouffroit point de parallele : ſa taille n'étoit pas des plus grandes, mais elle étoit bien priſe. Quand elle eût été plus belle, elle n'eût pas été plus aimable. Elle inſpiroit des ſentimens mêlez à la fois de reſpect & de tendreſſe. Son eſprit étoit ſupérieur, & capable de tout ; ſon ame noble & généreuſe, & ſon cœur tendre & délicat.

L'Amour, ce vainqueur aimable & dangereux, ſe plaît à triompher des plus grands cœurs, & à donner des loix aux Maîtres de la terre. Ses attaques ſont autant de victoires, & ſon pouvoir ne tire ſes forces que de nôtre foibleſſe. Apollonius reſſentit l'atteinte des traits de ce Dieu puiſſant. Il voulut en vain s'en défendre, il falut céder ; l'eſprit & la beauté de la Princeſſe l'avoient touché vivement. L'ambition & l'amour joignirent leurs invincibles armes contre lui, & le retinrent quelque tems à la Cour d'Alciſtrate. La tranquilité, qui accompagne l'indifférence, ſortit de ſon cœur ; de tendres agitations lui firent appercevoir qu'il n'étoit point insensible : il éprouva qu'on résiste foiblement, quand on combat un ennemi qui charme. Morphée répandoit vainement sur lui ses languissans pavots ; les ombres de la nuit s'évanoüissoient, & les premiers rayons du Soleil perçoient chaque jour le sein de Thétes pour éclairer le monde, sans que le sommeil eût appesanti les paupieres de ce jeune Prince amoureux. Un jour qu'il étoit dans un bois solitaire, où souvent il venoit réver, & confier aux échos d'alentour ses tendres inquiétudes, il se coucha au bord d'un ruisseau, sous un chéne épais, dont l'ombre le garantissoit des ardeurs du Soleil. Lieux écartez, sombres retraites, s'écria-t-il, le repos dont vous joüissez ne sçauroit-il passer dans mon ame ? Mon trouble est extreme, je ne me reconnois plus. Moy qui devrois braver & l'Amour & son empire, je m'arrête à soupirer, & à languir dans une Cour étrangere, tandis que par de fameux exploits je devrois apprendre à l'univers, que dans un grand cœur la gloi-

gloire doit étouffer l'amour. Mais tel est sur nous l'ascendant fatal de ce tyran de nos ames, il ne peut souffrir la vertu sans tache, il s'efforce de la corrompre, ou du moins de l'affoiblir, & malheureusement pour nous, il y réussit toûjours sans peine.

Le murmure assoupissant d'une onde claire & fugitive, qui couloit entre deux verds gazons semez de fleur ; le concert champêtre & agréable des harmonieux habitans des airs ; l'haleine rafraîchissante des zéphirs, qui agitoient légérement les feüillages, le firent succomber au sommeil. Ismćnide le même jour s'étant égarée dans une partie de chasse, le trouva endormi. Elle n'étoit pas moins sensible pour lui, qu'il l'étoit pour elle. Qu'il est heureux, dit cette Princesse, rien ne trouble la paix profonde dont il joüit : que ne puis-je partager son indifférence, s'il ne peut partager mon amour ? Ensuite cette nouvelle Diane désarma ce nouvel Endimion, lui mit plusieurs guirlandes de fleurs, & traça ces mots sur le sable :

Connois les doux liens que l'Amour te prépare.

Aprés qu'elle eut rejoint la troupe des chasseurs, dont elle s'étoit écartée, Apollonius se réveilla, surpris de se trouver sans armes, & couvert de fleurs. Il lut ce qu'Isménide avoit écrit, incertain de la main d'où partoit cet heureux augure. Il fit part à la Princesse de cette avanture singuliere, & lui dit, qu'il avoit vû en songe une Divinité s'avancer vers lui d'un air tendre & majestueux, & avec un doux soûris, le couronner de fleurs; ce qui s'étoit trouvé effectivement véritable à son réveil. Ce que vous m'apprenez, lui répondit la Princesse, est un mystere que le Ciel & le tems pourront éclaircir. Sans doute que les Dieux vous préparent un sort illustre & glorieux, & que leur sang doit un jour se mêler avec le vôtre. Non reprit Apollonius, mon cœur n'est plus à moy, pour en pouvoir disposer; quand ces prétentions ne seroient pas audessus de mes espérances, il est des mortelles que je préfere à ce qu'il y a de plus éclatant dans

dans les Cieux : une entr'autres .... Vous aimez donc, lui dit la Princeſſe, en l'interrompant ? Oui, j'aime, lui répondit Apollonius, & j'aime ce qu'il y a de plus adorable ſur la terre. L'objet qui m'a charmé joint toutes les graces à toutes les vertus : les Dieux avec tout leur pouvoir ne peuvent rien former de plus aimable & de plus parfait. La Princeſſe ne pénétrant point le fond de ce diſcours, ſentit un dépit ſecret, qu'elle eut peine à cacher. Ils ſe ſéparerent, ſans en dire davantage.

Apollonius faiſoit les delices & l'ornement de la Cour d'Alciſtrate : l'Amour qui l'y retenoit dans ſes chaînes, redoubloit l'émulation de ce Prince, qui brilloit dans tous les éxercices du corps & de l'eſprit. Alciſtrate s'étudioit à entretenir chez ſes peuples l'amour des arts & des ſciences. Ceux qui s'y diſtinguoient, étoient récompenſez. Les premierres dignitez ne s'accordoient qu'au vrai mérite, & à la vertu. Il ſe faiſoit un devoir eſſentiel de protéger les Loix, ſoûmis le premier à celles qu'il donnoit, comme à celles de ſes prédéceſſeurs. Il étoit l'appui des Autels, ennemi déclaré de ceux qui vouloient les attaquer, ou les détruire. Rigide obſervateur des anciens uſages; donnant de la valeur à ſes ſoldats par la ſienne, réprimant en eux tout ce que le courage pouvoit avoir de trop féroce; & par ſa vertu, plus que par ſon bonheur, il avoit porté l'éclat du diadême plus loin que tous ſes ancêtres, & que les autres Rois du monde. La brigue & la cabale étoient bannies de ſa Cour. L'abondance & la paix, ces meres des doux plaiſirs, n'y en laiſſoient régner que d'innocens & de légitimes: lors qu'ils furent troublez par un ſecours que demanderent les Cypriens au Roy Alciſtrate, pour les venger d'une inſulte que les Crétois leur avoient faite. Alciſtrate ne put leur refuſer ce qu'ils luy demandoient. Il avoit perdu depuis peu un grand Général, qui moins attentif à ſignaler ſa valeur que ſa prudence, & plus zélé pour les avantages de ſon parti, que pour les ſiens propres, ſçavoit l'art de faire ſubſiſter ſes troupes

aux

aux dépens de l'ennemi. Il avoit plus en vûë le succés d'une campagne entiere, que la gloire d'une journée d'éclat. Il regardoit les soldats comme ses enfans, & en étoit regardé comme le pere: aussi maître d'eux que de lui-même. Toûjours docile aux avis, ne se fiant point trop sur son expérience & sur son habileté. Prévoyant de loin, secret dans ses desseins sage dans ses entreprises, heureux dans ses exécutions, intrépide dans les revers, & plus grand par quelques-unes de ses défaites, que par un grand nombre de ses victoires. Fidele à ses alliez, & aussi capable de conduire & de faire réussir leurs intérêts, que les siens propres; sçachant rapprocher les remedes les plus éloignez: reconnoissant par justice, bienfaisant par gloire, & jamais ingrat que par nécessité. Le Roy crut ne pouvoir mieux faire, pour le remplacer, que de donner le commandement de son armée au Prince de Tyr, qui se disposa en peu de tems à se rendre où la gloire l'appelloit. Il vit sa Princesse avant son départ, & lui dit, que les adieux

adieux qu'il venoit lui faire, étoient peut-être les derniers de ſa vie; qu'il n'ignoroit point le caprice aveugle de la fortune & des armes; que quelque ſort qui lui fût reſervé par les Dieux, il alloit expoſer des jours, qu'il étoit trop heureux de ſacrifier à un Prince de qui'il avoit reçû tant de bienfaits. Iſménide ne put retenir quelques ſoupirs, qui lui échaperent, malgrê la violence qu'elle ſe fit; & pour ne point lui laiſſer voir trop de foibleſſe par de plus long diſcours: Partez, Prince, lui dit-elle, partez; & en prenant ſoin de vôtre gloire, n'oubliez pas celui de vos jours.

Apollonius ſe rendit à Cypre, où toute la jeuneſſe de Cyrene s'étoit fait un honneur de le ſuivre. Il ſe mit à la tête d'une armée nombreuſe, dont il étoit l'admiration. Les Chefs les plus expérimentez étoient ſurpris de voir ſon courage & ſa prudence, & déféroient à tous ſes avis. C'étoit autant d'oracles que la ſageſſe elle-même prononçoit par la bouche de ce Prince. Le bon ordre, & la diſcipline qu'il établît

blît parmi ſes troupes, le faiſoient regarder comme un homme né pour commander aux autres. L'accüeil qu'il faiſoit aux Capitaines, les largeſſes qu'il répandoit ſur les ſoldats, lui attiroient une confiance, qui pouvoit lui faire tout entreprendre. Aimé, craint, obéi, il encourageoit les uns par ſes diſcours, & les autres par ſon éxemple. Sa préſence d'eſprit ne manquoit jamais une occaſion. Egalement propre aux grands deſſeins, & aux petits détails, il ſe rendoit en quelque façon maître des évenemens. Sçachant profiter d'une trêve, & ſe faire craindre même dans un tems d'inaction. Il s'expoſoit aux périls avec toute l'ardeur des jeunes guerriers, & l'expérience des plus vieux; montrant dans un jour de bataille la pénétration d'un excellent Général, la prudence d'un Capitaine conſommé, l'activité d'un brave Officier, & la reſolution d'un ſoldat courageux. Entreprenant, ſans être téméraire; ferme, ſans être opiniâtre; jugeant ſainement du bon, ou du mauvais ſuccés d'une bataille, ſans prévention pour ſon parti. Ne cherchant dans

dans la guerre que les moyens de faire la paix. Actif, vigilant, laborieux, infatigable. Il étoit bon sans foiblesse, libéral sans prodigalité, sobre sans avarice, sévere sans inhumanité. Qui eût pû refuser de faire son devoir, en le voyant lui-même remplir le sien avec toute l'éxactitude dont il étoit capable? On ne voyoil point dans son camp de désordres, on n'y entendoit ni murmures, ni plaintes. Le soldat dépoüillé de sa férocité ordinaire, la réservoit pour le combat, qu'il respiroit avidement; persuadé que combattre sous lui, c'étoit courir à la victoire. Ce jeune Héros ne prodiguoit point le sang de ses guerriers, convaincu qu'il ne devoit se répandre que dans les occasions où la gloire & la nécessité le demandoient. Il avoit retenu les sages leçons qu'on lui avoit données dés son enfance. Avec tant de bonnes qualitez il ne pouvoit manquer d'intimider & de vaincre toûjours ses ennemis. Aussi fit-il des actions dignes de sa valeur & de sa naissance, & prit-il un essor si rapide vers la gloire, que la victoire n'étoit occupée sans cesse qu'a lui cou-

couronner le front de lauriers toûjours nouveaux, qu'il avoit plus d'une fois arrosez de son généreux sang.

Le Général des Crétois étoit un Prince, que dés sa premiere jeunesse ses disgraces avoient fait Héros. La valeur qui l'avoit rendu grand soldat, l'avoit empêché d'être parfait Capitaine. Il ne sçavoit ni prevoir, ni craindre les dangers. Les plus grands succés lui échapoient quelquefois, par ses précautions inutiles, & par ses ménagemens prématurez. Il sçavoit mieux conduire un grand dessein, que le faire réussir, & il devoit plus à sa témerité qu'à sa prudence. Apollonius qui s'étoit étudié à connoître le caractere de son ennemi, en profita si bien, qu'il confondit l'insolence des Crétois, & qu'il remporta sur eux plusieurs avantages considerables. Aprés avoir repoussé leurs efforts, & lassé leur inutile résistance, il leur accorda la paix, qu'ils lui demanderent, & leur imposa les conditions qu'il lui plut leur prescrire. Les Crétois furent punis, les Cypriens furent vengez. Il rétablît le Temple de Paphos, & celui d'A-

matonte, consacrez à Vénus. La Déesse n'en fut point ingrate; & dans le bois d'Idalie, oû elle parut â ses yeux, elle lui promit sa protection, dont il ressentit les eflets. Enfin il revint triomphant en Afrique, où il fut reçû avec tous les applaudissemens dûs aux vainqueurs. La jalousie, quoy qu'il y en eût beaucoup contre lui, n'osa paroître, & le Roy de Cyrene lui fit rendre les plus grands honneurs.

Isménide le revit avec joye; & le nouvel éclat de la gloire dont il étoit environné, ne fit que redoubler la tendresse qu'elle avoit pour lui. De combien d'inquiétudes n'avoit-elle point été agitée? De quelles frayeurs n'avoit-elle pas senti les atteintes, en songeant aux dangers presqu'inévitables où ce Prince étoit exposé, au milieu des horreurs & du tumulte des armes? Elle craignoit à tout moment d'apprendre la funeste nouvelle de sa mort: chaque courier qui venoit de l'Asie, augmentoit ses tendres allarmes. Qu'une Amante est à plaindre, & qu'elle souffre de tourmens quand elle est réduite à craindre d'entendre

tre

dre parler de celui pour qui elle s'interesse.

Apollonius alla voir Isménide, qui le félicita sur ses conquêtes. Il lui dit en soûpirant, qu'il venoit mettre à ses pieds toute sa gloire; que quelque grande qu'elle fût, il y en avoit une plus éclatante où il aspiroit, & qu'il n'osoit encore déclarer. Il accompagna ces paroles des regards les plus passionnez; cherchant à lire dans ceux d'Isménide, comment elle recevoit la tendresse délicate & respectueuse, qu'il lui laissoit entrevoir qu'il avoit pour elle. La Princesse rougît à ce discours, & n'y répondit rien, feignant de ne l'avoir pas compris. Comme elle ne cherchoit que les moyens de voir souvent ce jeune Prince, elle dit au Roy son pere, qu'elle avoit une grace à lui demander. Je vous l'accorde sans la sçavoir, lui répondit Alcistrate; je vous aime, & je vous crois trop raisonnable, pour que je puisse rien vous refuser: parlez, vous serez satisfaite. C'est, ajoûta Isménide, que vous me donniez Apollonius pour maître, afin qu'il m'instruise dans toutes les belles connoissances qu'il possede, & que je souhaite apprendre de lui.

Alcistrate consentit d'autant plus volontiers à sa loüable émulation qu'il voyoit à la fille, qu'il ignoroit que ce fût un prétexte dont elle couvroit son amour. Qu'il rend nôtre esprit ingénieux, quand il rend nôtre cœur tendre, ce Dieu, que l'on dit le Maître des autres Dieux ! Il prend toutes sortes de figures, & ne se rebute jamais. Son adresse augmente, & son courage redouble, à mesure que les difficultez s'accroissent, & que les obstacles se multiplient. Que ne fait-on pas pour joüir de la veuë de l'objet qu'on aime ? En vain la févere bienséance condamne de certaines démarches, quoy qu'innocentes, qu'il nous fait faire. Le sexe le plus scrupuleux sur les loix qu'elle donne, se déguise quelquefois sous un beau nom les sentimens qu'il lui inspire ; & l'estime souvent se trouve si confonduë avec l'amour, qu'on a peine à les distinguer l'une d'avec l'autre.

Apollonius n'épargna ni son assiduité, ni ses soins, pour s'acquitter de l'agréa-ble

ble employ dont le Roy l'avoit chargé. Il rendit la Princeſſe en peu de tems ſi ſçavante, qu'elle fut en état elle-même de donner aux autres des leçons. Il lui diſoit quelquefois, que l'envie de s'inſtruire étoit la marque d'un bon naturel; que les eſprits indifférens pour les ſciences étoient incapables de tout. Il lui apprit les ſecrets merveilleux de la Chiromance, les beautez de la Muſique, & l'art d'interpréter les ſonges; ſurpris des progrés qu'elle faiſoit, de ſa facilité à comprendre, & de ſes queſtions ingénieuſes, où elle ne montroit pas moins d'eſprit à les propoſer, que lui à les réſoudre. Comme l'étude aime & demande la retraite, & les lieux écartez, ils ſe voyoient ſouvent en particulier, & à loiſir.

Enfin aprés lui avoir enſeigné tout ce qu'il ſçavoit : Je n'ai plus, lui dit-il un jour, qu'une choſe à vous apprendre. Iſménide l'ayant preſſé de s'expliquer : C'eſt, ajoûta-t-il, l'effet que vos charmes ont produit dans mon cœur. Je vous découvre en tremblant, un ſecret que je renferme dans mon ſein depuis

 long-

long-tems, & que vous ignoreriez encore, sans l'Amour qui me l'arrache. C'étoit ici que ce Dieu m'attendoit, pour me lancer ses traits les plus inévitables. Dés le premier moment que je vous vis, mon cœur en fut frapé ; je voulus en parer l'atteinte : mais dans le tems même que je m'en défendois, je me sentois pressé de m'y rendre par un penchant invincible, qui l'emporta sur les vains efforts de ma résistance. Vos charmes & ma tendresse me firent alors sentir vivement mes disgraces. Je ne regrettai qu'en vous voyant toutes les pertes que j'avois faites. J'eus honte d'oser vous aimer, sans avoir mille Trônes à vous offrir. L'empire du monde étoit dû à vôtre vertu, & à vôtre beauté ; il faloit à vôtre main & à vôtre tête un Sceptre & une Couronne, & je n'avois à vous donner que des soûpirs & des larmes, & qu'un bras prêt à tout entreprendre pour vous en conquérir. Mon naufrage & mes malheurs, qui vous attendrirent, vous parloient seuls en ma faveur. Dés cet instant je formai la résolution de réparer l'injustice du sort, par des exploits qui

qui pussent me rendre digne de vous. Je me suis fait violence, jusqu'à ce que la gloire eût secondé les desirs de mon amour. Je crus qu'on ne pouvoit vous mériter, qu'en vous la donnant pour rivale, ni remporter sur vous la victoire, qu'aprés l'avoir remportée sur vos ennemis. Le Ciel las de me persécuter, s'est rendu favorable à mes vœux : trop heureux mille fois, si vôtre cœur peut se rendre au vainqueur de la Crete, & si mon triomphe m'assure une conquête, que je préfererois à celle de l'univers. La Princesse dissimula le plaisir que lui faisoit un aveu si doux, & se couvrit le visage, pour faire croire qu'elle en rougissoit. Voulez-vous, dit-elle, abuser de l'autorité que vous donne sur moy le nom de Maître ? Le ton embarrassé dont elle prononça ces paroles, & le desordre qui parut dans ses yeux, furent d'un heureux présage au Prince Tyrien pour son amour.

Isménide, qui étoit demandée en mariage par plusieurs Princes, & qui n'osoit ni se déclarer à son amant, ni en parler au Roy son pere, tomba dans une langueur

gueur mortelle, qui fit craindre pour ses jours. Le Roy la voyant dans ce fâcheux état, fit venir les Médecins les plus habiles & les plus expérimentez, qui ne comprenant rien à cette maladie, ne pouvoient y trouver de remede. L'amour qui en étoit la cause, pouvoit seul lui en procurer la guérison. Le poison qu'il verse dans nos cœurs ne fait sentir son amertume & sa malignité, que lors qu'il n'est plus tems d'y remedier. Souvent le secours qu'on y apporte ne sert qu'à irriter le mal. Isménide l'éprouva; la jeunesse, les malheurs, & le mérite d'Apollonius se retraçoient sans cesse à son esprit: elle portoit par tout le trait dont elle étoit blessée. Le feu qui s'étoit glissé dans ses veines, la consumoit. Elle ne recevoit du soulagement que de ses soûpirs: on la voyoit mélancolique & solitaire, se dérober à tous les plaisirs de la Cour; son amour faisoit son unique occupation.

Un jour qu'Alcistrate s'entretenoit avec Apollonius, on vint annoncer au Roy, que trois Princes, qui demandoient depuis quelque tems sa fille en mariage, vou-

vouloient lui parler. Le Roy les ayant interrogez sur le sujet qui les amenoit, un d'entr'eux lui dit : Seigneur, vous nous connoissez ; nous sommes trois rivaux, qui prétendons à la Princesse : Cyrene attend de vous avec impatience le choix d'un gendre ; c'est trop différer, vos retardemens nous desesperent, mettez-nous d'accord, & terminez nôtre incertitude. Princes, il n'est point tems de parler de vôtre hymen, répondit Alcistrate ; l'indisposition d'Isménide en recule encore la grande journée. Cependant je lui laisse la liberté de disposer de son cœur ; c'est à elle à se déterminer là-dessus, & à donner la préférence à celui qu'elle croira le plus digne d'elle. Allez, continua-t-il, en parlant au tendre Apollonius, qui attendoit en tremblant la décision du Roy, allez voir de ma part la Princesse, & tâchez de pénétrer quels sont ses sentimens ; & vous, Princes, vous sçaurez incessamment sa réponse.

Apollonius alla trouver Isménide, à qui il fit part de ce qui venoit de se passer. Il la pria de lui dire quel étoit son dessein, & quel parti elle vouloit prendre, afin qu'il en fît son rapport au Roy. Que me conseillez-vous de faire, lui dit-elle? Tout ce que vôtre cœur vous inspirera, répondit Apollonius. Quoy, ajoûta la Princesse, pourriez-vous sans répugnance vous résoudre à me voir à un autre que vous? Ha cher Prince, quand vous y consentiriez, je ne me le permettrois pas moy-même. Quoy j'irois faire au pied des Autels des sermens que je ne pourrois garder? je profanerois des Dieux la majesté terrible & respectable? j'allumerois d'une main le flambeau de l'hymen, pour l'éteindre de l'âutre? Non, mon cœur révolté démentiroit ma bouche à tout moment. Que tes chaînes doivent être pesantes, hymen, quand l'amour ne les forme pas d'intelligence avec toy! Ha charmante Princesse, répondit Apollonius, s'il m'est permis d'interpréter en ma faveur ce que vous me faites entendre, quel bonheur est comparable au mien? Quels détours mystérieux la fortune prend-elle quelquefois, pour nous faire arriver au comble des prospéritez! Non, adorable Isménide, je ne mérite pas les bontez que vous avez pour moy; mais

mais ne vous en repentez pas, mon cœur n'en eſt point ingrat. Que j'ai tremblé, quand je croyois que vous alliez prononcer ſur le choix d'un époux ; j'attendois vôtre réſolution pour prendre la mienne, & ma mort eût ſuivi de prés le bonheur d'un de mes rivaux.

Iſménide écrivit au Roy ſon pere, & lui manda, ſans qu'Apollonius le ſçût, quoy qu'il fût le porteur de la lettre, que puis qu'il avoit aſſez de bonté, pour lui laiſſer le choix libre d'un époux, elle lui demandoit celui qu'elle croyoit que les Dieux eux-mêmes lui avoient deſtiné, & à qui il trouvoit tant de ſcience, tant de valeur, & tant de vertu. Alciſtrate lut cette lettre devant Apollonius, qui vit bien que la Princeſſe parloit de lui : & le Roy lui ayant demandé ſur qui il croyoit qu'Iſménide jettât les yeux, le Prince parut embaraſſé. Alciſtrate perça facilement le myſtere, & ne douta plus de la tendreſſe de ſa fille pour Apollonius. Il fit venir Iſménide ; & aprés l'avoir preſſée d'avoüer ingénument celui à qui elle vouloit faire le don, de ſa main & de ſa foy, elle demeura quelque tems dans un

 mo-

modeste silence, qu'elle interrompit par ces mots : Mon pere... cet aimable & jeune étranger... qui vous a sauvé la vie... que Tyr a vû naître... que Cyrene revoit victorieux... Elle ne put achever, la pudeur & la timidité lui ôterent en ce moment l'usage de la parole.

Alcistrate touché d'une flame si légitime, la rassura en l'embrassant, & lui dit, que ses desirs étoient conformes aux siens ; que personne n'étoit plus digne d'elle, qu'Apollonius ; qu'il approuvoit sans peine un si beau choix ; que si cette union pouvoit la rendre heureuse, elle seroit bientôt contente : & marqua le jour, où se feroient ces nôces célebres.

On prépara le Temple de Junon ; ses Autels furent ornez de mille fleurs brillantes & nouvelles, qu'il sembloit que Flore exprés eût fait naître. L'encens y fuma, l'Hymen prit soin d'y rassembler la Pudeur & la Foy. L'Amour y conduisit les Plaisirs & l'Abondance, qui formerent tous à l'envi des chaînes légeres & dorées pour ces deux Amans, qui devoient bientôt être unis ensemble. Alcistrate alla trouver Apollonius, & lui dit

dit le deſſein qu'il avoit de lui donner ſa fille en mariage, & qu'il voudroit avoir encore quelque choſe de plus cher, pour s'acquitter de ce qu'il lui devoit. Apollonius fut ſi agréablement ſurpris, qu'il répondit au Roy, qu'il ne ſçavoit de quels termes ſe ſervir pour exprimer ſa reconnoiſſance; que ce nouvel honneur mettoit le comble à ceux qu'il avoit reçus, & que le prix qu'on lui offroit étoit infiniment au-deſſus des foibles ſervices qu'il lui avoit rendus. Le Prince de Tyr ſe rendit chez Iſménide, où comprenant à peine ſon bonheur, il dit à cette Princeſſe, tout ce qu'un amour heureux & délicat peut inſpirer de plus tendre & de plus reſpectueux.

Les trois Princes qui avoient demandé Iſménide en mariage, ayant appris cette nouvelle, réſolurent entr'eux de briſer les portes du Temple, de forcer la Garde du Roy, & d'enlever la Princeſſe. Tandis que ces deux Amans, au comble de leurs vœux, ſe donnoient la main, & que le Prêtre les uniſſoit des nœuds les plus ſacrez, on entendit un grand bruit. Les trois Princes, qu'animoit le deſeſpoir, ſui-

ſuivis de pluſieurs gens armez, entrerent par force dans le Temple, déterminez à périr, ou à ſatisfaire leur vengeance. Ce fut un deſordre épouvantable; l'Autel fut renverſé : Junon indignée de cette profanation impie & outrageante, vit briſer ſa Statuë. L'Amour effrayé s'envola, l'Hymen prit la fuite; le ſang de la victime fut confondu avec celui du grand Sacrificateur. Les plus zélez défenſeurs de la Déeſſe & du Roy périrent dans ce tumulte plein d'horreur. Des cris furieux, & des clameurs terribles troublerent l'auguſte ſilence de ces lieux reſpectables. On entendit le bruit affreux des armes, & on vit briller le fer dans cet aſile paiſible & ſacré, où les ſeuls ſoûpirs des Amans heureux s'étoient juſques-lâ fait entendre, & où les ſeuls flambeaux de l'Hymen avoient brillé juſqu'à ce jour. Apollonius ſe mit à la tête de la Garde du Roy, & repouſſa vigoureuſement l'inſolence de ces trois téméraires. Deux furent immolez de ſa propre main; & tandis qu'il étoit occupé à punir leur audace, le troiſiéme plus heureux, arracha Iſménide d'entre les bras d'Alciſtrate,

trate, où elle s'étoit réfugiée, & la fit conduire dans un vaiſſeau, qui s'éloigna promtement de Cyrene. Apollonius partit à l'inſtant, & pourſuivit le raviſſeur. Il le joint, l'attaque, & l'oblige à ſe rendre. Traître, lui dit il, je pourrois t'arracher la vie : mais je t'abandonne à tes remords, & à ta fureur Je prétens ne me venger de toy que par le bonheur ſeul de poſſéder Iſménide. C'eſt en vain que tu veux m'épargner, répondit le raviſſeur; ta pitié redouble ma rage, je ſçurai bien ſans toy en terminer le cours : ne crois pas que la vie ait encore pour moy tant de charmes, qu'aprés ce que je perds, je puiſſe la ſupporter. A ces mots, pour laver ſon crime, & pour éteindre ſes feux, il ſe précipita dans les eaux de la mer. Un monſtre marin ſurvint à l'inſtant, qui le dévora; ſes entrailles lui ſervirent de tombeau, & ce malheureux éprouva un châtiment digne de ſon audace. Apollonius revint à Cyrene, & y ramena ſa chere Iſménide, qu'il épouſa quelque tems aprés.

La joye ſe répandit dans toute la ville; il n'y avoit perſonne qui ne s'intereſſât

pour

pour lui, qui ne prît part au bonheur qu'il attendoit, & qui n'eût pour ce Prince une ſinguliere vénération, mêlée d'une ſincere tendreſſe. On fit des fêtes, où la magnificence & le bon goût brillerent dans tout leur éclat. Mille jeux nouveaux & différens, que l'eſprit & l'induſtrie avoient inventez, ſuccederent aux allarmes que la guerre & le dernier deſordre avoient cauſées. On chantoit partout la valeur du jeune Héros, dont le ſang devoit bientôt s'unir à celui du Roy de Cyrene. Tous les Grands, & les principaux de la Ville vinrent le féliciter. Il leur répondoit avec une modeſtie qui charmoit tous ceux qui l'écoutoient. La Nobleſſe lui fit de riches préſens, qu'il ne reçut que pour en rendre de plus conſidérables. Les artiſans venoient lui offrir leurs chef-d'œuvres les plus rares. C'étoit à qui ſe diſtîngueroit le plus par ſon zele & par ſon empreſſement. Les repas, les concerts, les illuminations, & les ſpectacles ſignalerent le grand jour de ſon hymen, qui fut célebré avec toute la pompe imaginable.

Six mois apres cette ſolemnelle cérémonie

monie, Apollonius se promenant sur le bord de le mer, avec la Princesse, prête à mettre bientôt un enfant au jour, sous les auspices de Lucine, apperçut un vaisseau Tyrien. Il demanda au pilote en quel païs il avoit reçû la naissance. Il lui répondit que Tyr étoit sa patrie. C'est aussi la mienne, lui dit le Prince. Ne connoîtriez-vous point Apollonius, ajoûta le Phénicien? Aussi bien que moymême, repartit le gendre d'Alcistrate. Quand vous le verrez, lui dit le pilote, vous pourrez le féliciter; il n'a plus rien à craindre désormais, Antiochus son ennemi mortel a été consumé d'un coup de foudre, & Tyr attend son Prince avec une impatience égale à la tendresse qu'elle a pour lui.

Apollonius, pour profiter de l'avis qu'il venoit de recevoir, dit à la Princesse, qu'il étoit tems qu'il retournât dans ses Etats; que pour elle, il faloit qu'elle demeurât dans la Cour de son pere, jusqu'a ce qu'elle fût hors de tout danger; qu'il craignoit que Tyr, depuis long-tems lasse, & rebutée de la longue absence de son Maître, n'en choisît un autre, & qu'il qu'il étoit néceſſaire qu'il partît ſans différer. Quoy, cher Prince, repartit Iſménide, les yeux baignez de pleurs, vous voulez m'abandonner ? L'ambition peut-elle étouffer l'amour ? Songez-vous aux mortelles inquiétudes que me cauſeroient les périls d'un voyage que vous ferriez, & où je ne vous accompagnerois pas ; Le Ciel nous a-t-il unis pour nous ſéparer ſitôt ? Non, mon ſort eſt de vivre, & de mourir avec vous. Quels que ſoient les dangers où vous devez vous expoſer, mon cœur ne les appréhende pas ; je ſerai trop heureuſe de les partager avec vous. Que m'importe de périr, ou par les autres maux dont je ſuis menacée, ou par les chagrins de vôtre abſence ? Elle déclara au Roy le deſſein où elle étoit, de partir avec le Prince ſon époux, & lui dit les raiſons qui l'engageoient à entreprende ce voyage.

Alciſtrate, loin de le déſapprouver, fit préparer en peu de tems pluſieurs vaiſſeaux pour leur départ ; & aprés avoir embraſſé ſa fille & ſon gendre, & leur avoir fait les plus tendres adieux, il les conduiſit lui-même au port, ſur le vaiſſnau qui

devoit

devoit les transporter. Ils s'embarquerent avec une suite nombreuse, & beaucoup de richesses, & firent voile du côté de Tyr.

Les fatigues du voyage, & la délicatesse du tempérament d'Isménide, ne lui permirent point de remplir le tems, que la nature donne aux meres pour la maturité de leur fruit. Isménide, peu aprés son embarquement, mit au jour celui qu'elle portoit, & tomba dans une espece de maladie létargique, qui fit croire qu'elle étoit morte. Ce ne fut aussi-tôt que pleurs, & que gémissemens de toutes parts. Mille cris funebres & lamentables remplirent les airs, & les échos plaintifs les porterent jusqu'aux cieux. Apollonius ne doutant plus qu'elle n'eût passé les rives ténêbreuses du noir Cocite, se jette sur le triste objet qui cause ses sanglots; il l'inonde de ses larmes, il l'embrasse, il soûpire: il veut en vain rendre à la vie sa chere Isménide, & rappeller son ame fugitive. Peu s'en faut qu'à ce triste spectacle il n'expire lui-méme. Je vous perds donc, s'écria-t-il, aimable Pincesse? Pourquoy les Dieux m'ont-ils à ce prix rendu vôtre époux ? Je ne vous verrai plus. Pourquoi la tempéte m'a-t-elle épargné? que ne périssois-je au milieu des flots, qui menaçoient ma vie? La mort auroit fini tous mes malheurs, & je ne serois pas têmoin de la vôtre. Je ne vous verrai plus : je croyois que vos mains fermeroient mes yeux, & que vous recüeilleriez mes derniers soûpirs. Chere ombre, que j'adore, entraînez-moy avec vous dans le tartare. La lumiere m'est odieuse, depuis que je ne la partage plus avec vous. Je payerai le tribut éternel de pleurs que je dois à vos manes. Qu'on ne condamne point ma foiblesse, la constance est ici d'un usage difficile ; la vertu la plus ferme cede à la nature. J'ai supporté courageusement toutes mes autres disgraces : mais je ne suis point à l'épreuve de celle-ci. Cruelle Parque, impitoyables Dieux, qu'avez-vous fait? Que n'attendiez-vous, pour lui ravir le jour, qu'elle eût rempli sa brillante carriere, ou que son éloignement m'eût rendu sa perte moins insupportable ? Que dira le Roy Alcistrate, quand il apprendra la la mort de ſa fille? Ne croira-t-il point que j'y aurai contribue? N'a-t-il fruſtré la jalouſe eſpérance de tant de rivaux, plus dignes que moy de l'obtenir, que pour précipiter ſon trépas? Le pilote ſurvint, qui interrompit le cours de ſes regrets, & lui dit, que malgré les juſtes plaintes qu'il faiſoit éclater, il devoit ſçavoir la loy indiſpenſable, que ſitôt que quelqu'un avoit perdu la vie ſur un vaiſſeau, on jettoit ſon corps dans la mer; qu'il n'ignoroit point les dangers inévitables où les expoſeroit la complaiſance qui la leur feroit violer; que la vûë inutile d'un objet ſi triſte ne ſerviroit qu'à renouveller à tous momens ſes douleurs; & qu'il faloit que le ſein de Neptune ſervît de tombeau à la Princeſſe. Quoy, dit Apollonius, je ſouffrirai qu'on livre à la fureur d'un ſi cruel & ſi perfide élément cette même Iſménide, qui m'a ſecouru aprés mon naufrage? je ſerai privé d'elle à jamais? Son corps ſera le joüet des vents, & ſervira peut-être de pâture à quelque monſtre marin? Enfin obligé malgré lui, de ſe rendre aux raiſons ſuperſtitieuſes du pilote, il ordonna qu'on fit un cercüeil de planches, dont on resserrât les jointures, & dont on bouchât les fentes avec du bitume, & qui fût en dedans revêtu de lames de plomb des plus minces. Quand on l'eut achevé, il y fit mettre le corps de sa chere Princesse, orné de ses plus beaux & plus riches vêtemens, avec vingt pieces d'or sous sa tête; & fondant en larmes, il embrassa son aimable & malheureuse Isménide, avec des transports de douleur que l'amour seul peut sentir & exprimer.

On vit incontinent floter sur l'onde le cercüeil qui renfermoit l'objet de l'amour & de la tristesse de l'inconsolable Apollonius. Quelt vœux ne forma-t-il pas? quelles prieres n'adressa-t-il point aux Dieux? Il croyoit sans cesse voir l'ombre d'Isménide attachée à ses pas, & fraper ses regards timides & mal assurez. Il commanda qu'on prît grand soin de la jeune Princesse, unique & premier fruit de son amour, afin que la fille pût un jour le consoler de la perte de la mere, & dédommager Alcistrate de celle d'Isménide.

Au bout de trois jours, le cercüeil fut jetté sur le rivage des Ephésiens, prés de de la maiſon de campagne d'un Médecin fameux, appellé Chérémon, qui ſe promenoit ſur la bord de la mer, avec quelques-uns de ſes diſciples. Sitôt qu'il l'eut apperçu, il le fit apporter chez lui, & l'ouvrit lui-même, curieux de ſçavoir ce qu'il renfermoit. On vit une belle & jeune Princeſſe, habillée magnifiquement, qui montroit ſur ſon front une majeſté fiere & modeſte. La douleur qui avoit éteint l'éclat de ſes yeux, n'avoit pû effacer toute ſa beauté. Des traces de larmes ſe remarquoient ſur ſon viſage, dont la pâleur ſans lividité la défiguroit pas. Sa bouche à demi ouverte ſembloit encore exhaler ſur ſes levres mourantes les derniers ſoupirs, & recevant ceux de ſon cher Apollonius, vouloir achever les tendres adieux que la mort avoit voulu interrompre. Cette cruelle, toute inſenſible qu'elle eſt, paroiſſoit reſpecter les graces & les charmes d'Iſménide, qu'elle n'oſoit ni ſoüiller, ni flétrir. On voyoit autour de ſon cou, plus blanc que l'yvoire, & panché languiſſamment ſur l'épaule, de longs cheveux noirs, épars, qui des cen-

cendoient sur sa gorge. Malgré son abattement, elle conservoit toûjours un air de paix & de sérénité, qui se répandoit sur tous ses traits ; & cet objet touchant étoit plus capable d'inspirer de l'amour & de la compassion, que de l'horreur & de la crainte. Helas, dit Chérémon, que cette infortunée doit avoir causé d'affliction à toute sa famille ! Il apperçut sous la tête de la Princesse les vingt pieces qu'on y avoit mises, & un papier avec quelques caracteres. Il le lut, & y trouva ces mots. *Quiconque ouvrira ce cercüeil, y trouvera vingt pieces d'or ; qu'il en prenne dix pour lui, & qu'il employe les dix autres à donner les honneurs de la sépulture au corps qui y est renfermé. C'est celui d'une illustre & vertueuse Princesse, dont la perte a coûté bien des larmes & des regrets. S'il refuse de souscrire à ce que la pitié & la justice éxigent de lui, que les Dieux le confondent & le punissent, & qu'il ne puisse trouver de sépulture aprés sa mort.* Rendons à cette Princesse de si justes devoirs, dit Chérémon ; je promets de faire pour elle encore plus qu'on ne demanmande. Aussitôt il fit construire un bucher ; & tandis qu'on y travailloit, un de ses disciples arriva par hazard de la ville. Comme on étoit prêt d'allumer le feu, qui devoit réduire en cendres les dépoüilles mortelles d'Isménide, qu'on avoit crûë morte, Chérémon considérant avec attention ce beau corps couvert de fleurs, étendu sur le fatal bucher : Vous êtes venu fort à propos, dit-il au jeune homme ; apportez-moy les parfums qui sont en usage dans ces tristes cérémonies. Le jeune homme s'approcha ; & découvrant le sein d'Isménide, pour y répandre, selon la coûtume, les liqueurs odoriférantes, il sentit avec surprise, que le cœur de la Princesse avoit encore quelque mouvement. Ha Ciel ! qu'allons-nous faire, dit-il à son Maître ? Ne précipitons rien ; cette femme, que vous croyez morte, ne l'est pas, & j'ose même l'assurer. Il la fit porter dans une chambre, & la mit auprés d'un grand feu. A peine le sang, qui s'étoit presque glacé dans ses veines, eut senti la chaleur, qu'il reprit son cours; elle recouvra l'usage de ses sens & de ſes eſprits, entr'ouvrit les yeux, & d'une voix foible & languiſſante leur dit : *Qui que vous ſoyez, ne me touchez qu'avec le reſpect qui eſt dû à la fille d'un Roy, & à la femme d'un grand Prince.* Chérémon étonné, loüa la capacité de ſon diſciple, & le récompenſa. Il prit tant de ſoin de la Princeſſe, qu'il la rétablît dans une ſanté parfaite. Quelque tems aprés, elle prit le deſſein d'aller en Phénicie, dans l'eſpérance d'y rejoindre Apollonius, & partit d'Epheſe, pour conſulter l'Oracle de Délos, qui lui fit cette réponſe.

Retourne dans Epheſe, il n'eſt pas tems encore
Que Tyr finiſſe tes malheurs ;
Ton époux accablé des plus vives douleurs,
Traine de mers en mers l'ennui qui le dévore.
De Diane ma ſœur implore le ſecours,
Mérite qu'à tes vœux elle ſoit favorable,
Et que de ton ſort déplorable
Elle daigne arrêter le cours.

Elle

Elle revint dans la ville d'Epheſe, & ſe fit recevoir au nombre des Prêtreſſes de Diane, dans le Temple qui étoit conſacré à cette Déeſſe. Ce lieu ſi célebre attiroit de toutes les parties de l'univers, des peuples qui venoient rendre leur hommage, & faire des offrandes conſidérables à la fille de Latone, qu'on y révéroit. Les Amazones l'avoient fait bâtir, & Ctéſiphon, & ſon fils Métagéne en avoient été les architectes. Les meilleurs ouvriers y épuiſerent leur adreſſe & leur induſtrie, & deux ſiecles entiers ſuffirent à peine à mettre ce fameux êdifice dans ſa perfection, quoy qu'il ſe fît aux dépens communs de toute l'Aſie. La premiere invention de mettre des colomnes ſur un piedeſtal, & de les orner de chapiteaux & de vaſes, fut pratiquée dans ce Temple. On y voyoit cent vingt-ſept colomnes, faites par autant de Rois. Sa longueur étoit de quatre cent vingt-cinq pieds, & ſa largeur de deux cent vingt. Ses pôrtes étoient de bois de Cyprés, qui eſt toûjours luiſant & poli, & toute ſa charpente étoit de Cedre. On montoit jusqu'au haut du Temple par un escalier fait d'un cep de vigne, apporté de Cypre. Il y avoit une Statuë d'or qui représentoit Diane ; & les Peintres les plus habiles l'ornerent & le remplirent de Tableaux d'un prix inestimable. Erostrate l'avoit brûlé, dans le dessein extravagant d'immortaliser son nom par cet embrasement impie & sacrilege ; & ce monument si respectable par la magnificence de tant de Rois, & par son antiquité, avoit été réduit en cendre, la nuit méme qu'étoit né Aléxandre le Grand, le sixiéme jour du mois que les Grecs nommoient Hécatombœon, en la cent sixiéme Olympiade. Ce Prince proposa aux habitans d'Ephese de leur fournir de quoy relever leur Temple, s'ils vouloient mettre son nom dans l'inscription. Mais jaloux de la gloire de leur Déesse, & reconnoissans de tous les bienfaits qu'ils en recevoient, ils refuserent ses propositions ambitieuses. Il fut rétabli par le zele & par la vénération particuliere que les Ephésiens & tous les peuples de la terte avoient pour la sœur d'Apollon.

Ce-

Cependant Apollonius enseveli dans la tristesse, continuoit le cours de sa navigation, où il essuya mille dangers : mais comme il s'étoit familiarisé avec eux, loin de les craindre, il les cherchoit, dans l'impatience de finir des jours qui prolongeoient ses chagrins en prolongeant sa vie, & que le Ciel lui conservoit pour éprouver sa constance, & pour la couronner par autant de plaisirs, qu'il avoit ressenti de peines. Aprés avoir lutté long-tems contre les flots, les vents & les destins, il arriva dans la ville de Tarse, & descendit chez Strangulion. Il lui fit le triste recit de toutes ses infortunes, & lui dit, & à Dionisiade sa femme, que la douleur dont il étoit saisi, lui ayant presque ôté l'usage de la raison, ne lui laissoit plus de ressource que dans le desespoir ; qu'il renonçoit aux prétentions les plus légitimes, & les plus éclatantes ; qu'il ne lui étoit plus permis de penser qu'à la perte d'Isménide, qu'il ne cesseroit de regretter toute sa vie ; qu'il alloit courir de mers en mers, trop heureux que la mort voulût finir son destin déplorable ; qu'il leur

leur recommandoit le fruit précieux de ſon amour, & Ligoris la nourrice de cette jeune & chere Princeſſe, à qui il les prioit de donner le nom de Tarſie, qui étoit celui de la ville où il venoit d'aborder, de la faire élever ſoigneuſement avec leur fille Philomatie ; qu'il viendroit quelque jour la reprendre, & reconnoître leurs ſoins officieux : & leur laiſſa pour ſon entretien des ſommes conſidérables. Ils lui promirent ce qu'il leur demandoit. Apollonius ſe rembarqua, pour aller inconnu voyager dans l'Egypte.

Il y vit la célebre Memphis ; les terres que l'inondation du Nil rend ſi fécondes ; les gras pâturages qui nourriſſent tant de nombreux troupeaux ; les ſables arides des brûlans deſerts de Thebes ; le Temple fameux de Jupiter Ammon ; ces merveilleuſes pyramides, & ces labyrintes ſi vantez. Il y admira l'amour des ſciences, l'adreſſe dans les éxercices du corps, & le culte inviolable de la Religion. Il pratiqua les Prêtres de cette contrée, & profita beaucoup de leurs ſçavantes converſations.

On

On n'y en ſouffroit point d'ignorans. Auſſi les fonctions & la dignité du Sacerdoce s'attiroient-elles une grande vénération parmi les Egyptiens. C'étoit ces Prêtres qui enſeignoient les Lettres ſacrées, l'Arithmétique. La Muſique n'y étoit point négligée, & l'Aſtronomie y étoit en grande conſidération. Pour la Médecine, il ſuffiſoit de l'avoir appriſe dans Aléxandrie, pour ſe faire eſtimer. Les Egyptiens inventerent pluſieurs ſciences. Il y admira leur ſageſſe. Ils s'attachoient à la proprete, & non à la magnificence des habits. Chez eux l'étude des beaux arts, faiſoit l'occupation des hommes, & la modeſtie, le principal apanage des femmes. Ils avoient un grand reſpect pour les vieillards, & un ſoin particulier d'embaumer les morts. Le travail & la frugalité les entretenoient toûjours ſains & vigoureux, & les faiſoient vivre longtems.

Pendant ſon voyage il aborda dans l'Iſle de Pharos, pour y rafraîchir ſon vaiſſeau, & pour y faire les proviſions qui lui étoient néceſſaires. Cette Iſle eſt cé-

célebre par la haute & fameuſe Tour que Ptolomée Philadelphe fit bâtir, & qui a paſſé dans l'antiquité pour une des merveilles du monde. Elle avoit la même baſe, & le même circuit que les Pyramides, & trois cent coudées de hauteur, de ſorte qu'on pouvoit la découvrir en mer de fort loin. Philadelphe à ſon avenement à la Couronne y employa huit cent talens, & donna la conduite de cet édifice à Soſtrate Gnidien, le plus habile Architecte de ſon tems. Cette Tour, à qui l'on donna le nom de l'Iſle, où elle étoit élevée, ſervoit de fanal à ceux qui navigeoient ſur ces côtes pleines d'écüeils. De là vient qu'on a depuis appellé, *Phare*, toutes les Tours ſemblables, qui par des feux qu'on y allume, ſervent la nuit de guides aux voyageurs; & c'eſt ſur le modele de celui-ci qu'on a conſtruit le Phanarion à l'embouchure du Boſphore de Thrace, dans le Pont Euxin.

On célebroit dans cette Iſle la fête de Bacchus, quand Apollonius y arriva. Prés du rivage, au milieu de pluſieurs ber-

berceaux de pampres & de vignes, s'élevoit un Temple consacré à ce Dieu. L'autel d'où sortoient plusieurs fontaines de vin, qui servoient aux libations des sacrifices, étoit orné, & rempli de raisins & de lierres, entrelacez adroitement. La peinture la plus sçavante y représentoit les différentes avantures de ce fils de Jupiter. D'un côté, Sémelé frapée de la foudre, le mettoit au jour; de l'autre, Silene, & les Nymphes de Nise lui rendoient les soins les plus empressez & les plus tendres. On y voyoit la fille de Minos, détestant dans l'Isle Naxe la perfidie de l'infidele Thésée, & trouvant dans Bacchus son libérateur. Ici Licurgue enchaîné, & Penthée abandonné à la fureur de sa mere, expioient leur audace. Là mille peuples des Indes vaincus, étoient chargez de fers. Bacchus accompagné des Jeux, des Ris & des Amours, sous une forme aimable & majestueuse, étoit dans un char magnifique, tiré par six lynx. Une troupe d'Egipans, de Satyres, de Bacchantes, & de Ménades à demi nuës, formoient d'un pas léger plusieurs danses devant l'Aul'Autel. Apollonius entra dans le Temple. Méroé, grande Prêtreſſe de Bacchus, le diſtingua dans la foule; & remarquant dans cet étranger reſpectable, quelque reſſemblance à la figure du Dieu charmant qu'on réveroit dans ce lieu ſacré, elle en fut frapée. Elle ſentit dés lors les effets ſurprenans de cette admirable ſympatie, qui détermine en un moment les cœurs par les yeux, qui à la vûë de certains objets, nous entraînent vers eux par un aſcendant preſque invincible. Comme elle ſçut qu'Apollonius devoit bientôt partir, elle engagea Zorobate, fameux Magicien, de qui elle étoit aimée, à faire ſes efforts pour arrêter à Pharos cet étranger. Il employa tous les ſecrets de ſon art, dans l'ardeur d'obéir, & de plaire à Méroé. Pluſieurs femmes auſſi galamment, que magnifiquement vêtuës, allerent le lendemain porter de riches préſens à l'aimable étranger, de la part de la grande Prêtreſſe. Elle lui donne des divertiſſemens, des ſpectacles & des Fêtes, ou il fut inſtruit adroitement de l'amour qu'elle ſentoit pour lui. Elle lui envoya

voya demander s'il n'étoit point le Dieu même à qui elle étoit consacrée, & lui fit dire qu'il en avoit les traits, la douceur, & la majesté, & que si elle étoit dans l'erreur, elle le prioit de venir lui-même l'en désabuser. Apollonius soupçonna là-dessous quelque chose; il s'arma de toute sa fermeté, pour détourner le coup que l'on vouloit porter à son cœur, & prit la résolution de partir incessamment. La volupté, dit-il en lui-même, fait ici son séjour, & l'amour y veut tendre quelque piége à ma vertu. Je sens déja qu'il attendrit mon ame, & qu'il amollit mon cœur; fuyons ces bords dangereux, fuyons, ce n'est que par la fuite qu'on peut combattre, & vaincre un tel ennemi: plus la victoire est difficile, plus le triomphe est glorieux. Comme il étoit prêt à partir, Méroé, qui en fut avertie, fit conjurer les vents, & soûlever les flots par Zorobate, qui s'acquitta de l'ordre que Méroé lui en avoit donné. A la fin s'étant apperçu que tous les soins qu'il prenoit, n'étoient que pour son rival, il prit le dessein de le sacrifier à sa vengeance: mais pressé ſecretement par les Dieux, qui vouloient conſerver Apollonius, & qui rendent la vertu plus forte que tous les enchantemens, il le laiſſa s'éloigner, aprés tous les obſtacles qu'il avoit mis à ſon départ.

Enſuite Apollonius parcourut pluſieurs païs, paſſa l'Eufrate, & pénétra jusques dans l'Arabie deſerte ; & trouvant cette contrée convenable à ſa douleur, il en fit ſon aſile, & y vécut aſſez longtems, ne s'occupant qu'aux exercices de la chaſſe & de la Muſique, & n'ayant de commerce dans ces lieux incultes, qu'avec des hommes preſque auſſi ſauvages que les bêtes qui les habitoient. Il adoucit pourtant les mœurs farouches de ces Nomades, leur enſeigna l'agriculture, les fit s'éxercer à la courſe, à la lutte, & à tirer des fléches, & leur apprit à changer leurs antres ruſtiques en des cabanes commodes. Il en conſtruiſit une pour lui, qui leur ſervit de modele, la couvrit de branches de palmiers, pour ſe garantir des ardeurs du Soleil, & l'éleva de terre, pour ſe préſerver des incommoditez que cauſent les vapeurs qui en ſor-

ſortent. Il les inſtruiſit du culte que l'on devoit aux Dieux ; & la conſécration qu'ils leur firent de ces parfums exquis qu'ils recüeilloient, fut le premier hommage qu'ils leur rendirent. Leur langue lui étoit familiere comme à eux-mêmes. Souvent il les raſſembloit pour leur donner mille inſtructions, qu'ils recevoient avec plaiſir : ravis de l'écouter, ils abandonnoient tout pour l'entendre, & leur attention n'étoit jamais ni diſtraite, ni épuiſée. Dés que le jour paroiſſoit, on les voyoit ſe rendre à l'entrée de la cabane de Ménophite, qui étoit le nom qu'il avoit pris, attendant avec impatience qu'il ſe montrât, ne le quittant qu'avec regret, & toûjours charmez de plus en plus de ſa douceur & de ſon esprit. Tantôt il leur faiſoit admirer les beautez de la Nature, tantôt il leur inſpiroit l'amour de celui qui en étoit l'auteur, en lui rapportant tous les biens qu'ils en recevoient : il entremêloit de mille choſes agréables & curieuſes, les ſages leçons qu'il leur donnoit. Ils ſçûrent par lui l'origine de la précieuſe gomme, qu'ils voyoient découler de cet arbre épineux qui la produit. Aprés avoir joüé de différens inſtrumens, il leur apprenoit les métamorphoſes d'Orphée en lyre, de Syrinx en flûte, & celle de la Nymphe Echo, qui leur renvoyoit les ſons, qui frapoient ſi agréablement leurs oreilles. Ménophite dreſſa la ſtatuë d'une Divinité, à laquelle ils alloient chaque jour porter leurs offrandes, & rendre leurs reſpects. Ainſi ces peuples groſſiers dépoüillant peu à peu leur férocité naturelle, ſenſibles aux charmes de la ſociété, capables des plus grands travaux, ſe virent en état de n'être inutiles ni à leur Prince, ni à leur patrie: leur raiſon ſe dévelopa, ils commencerent à s'en ſervir: leurs terres, quoique ſtériles par elles mêmes, furent cultivées; ils devinrent dociles, raiſonnables, & laborieux.

Arétas, Prince d'Arabie, vaincu par Silléus, s'étoit vû réduit à chercher ſon ſalut dans ſa fuite, & ſe retirant en deſordre du côté des deſerts, qui faiſoient le ſéjour ordinaire de Ménophite, il fut ſurpris par la nuit, & contraint de chercher un aſyle dans la cabane de ce Prince ſo-

ſolitaire, à qui il demanda l'hoſpitalité. Ménophite la lui accorda d'autant plus volontiers, qu'il étoit naturellement porté à faire plaiſir, & que l'hôte qu'il recevoit, lui paroiſſoit malheureux, & homme de diſtinction. Il le reçut du mieux qu'il lui fut poſſible. Arétas ſe fit connoître, & lui raconta ſes malheurs, dont le récit toucha Ménophite. Ceux qui ont eſſuyé des diſgraces, ſont plus ſenſibles à celles des autres, que ceux qui n'en ont jamais éprouvé. Une proſpérité continuelle, ferme d'ordinaire le cœur à la compaſſion. On s'attendrit, on s'intéreſſe pour les infortunez, quand on ſçait par ſa propre expérience, ce que peſe le poids des infortunes : il faut avoir été malheureux ſoimême, pour ſe faire une juſte idée de ce que ſouffrent ceux qui ſont dans le malheur ; ſans cela on les regarde avec des yeux preſque indifférens : ces triſtes objets n'excitent ſouvent qu'une pitié froide & ſtérile, dont les effets ſe bornent plûtôt à les plaindre, qu'à les ſoulager. Arétas fit part à Ménophite de tout ce qui lui étoit arrivé, & lui dit, que Silléus, par un mouvement de jalousie & d'ambition, s'étoit révolté contre lui; que le nombre des conjurez s'étant grossi de jour en jour, Silléus l'avoit attaqué, combattu & défait, malgré l'opiniâtre & courageuse résistance qu'on lui avoit opposée, & que la victoire, long-tems incertaine & flotante, s'étoit enfin déclarée pour son ennemi. Ménophite aprés l'avoir écouté attentivement, le rassura, & lui dit, qu'il ne devoit point perdre le courage ni l'espérance, que les Dieux appuyoient tôt ou tard le parti de la justice; que si quelquefois ils sembloient l'abandonner, c'étoit pour la faire triompher avec plus d'éclat; que les revers avoient leurs avantages, dont la sagesse devoit profiter: qu'il n'étoit point de bonheur ici-bas, qui fût toûjours durable; que la véritable grandeur d'ame brilloit plus dans le malheur que dans la prospérité: que la fortune impénétrable dans ses desseins, se plaisoit souvent à renverser ceux des hommes: mais qu'un grand cœur se mettoit au dessus des traverses; que la Victoire étoit une Divinité bizarre & capricieuse, qui n'accordoit pas toûjours ses faveurs à la

va-

valeur & à la vertu ; que souvent les Dieux nous ménageoient des ressources ausquelles nous ne nous attendions pas : qu'au lieu de s'abattre, il falloit faire de nouveaux efforts, pour ramasser les débris de son armée, punir les rebelles, & avant qu'ils eussent plus loin étendu leurs conquêtes, les attaquer vigoureusement, & reprendre sur eux tout ce qu'ils avoient gagné.

Arétas fut charmé de la prudence de Ménophite, & passa la nuit entiere à l'écouter, sans prendre de repos & de nourriture, que ce qu'il en falloit pour ne pas succomber de fatigue & d'inanition. Il engagea Ménophite avec instance à le seconder dans de si beaux desseins : Je crois, lui dit-il, que le Ciel vous a destiné à me rétablir dans mon pouvoir. Un homme tel que vous n'est point né pour être inconnu, & pour passer ses jours dans des lieux sauvages comme ceux-ci : au nom des Dieux, ne m'abandonnez pas ; ce sont eux qui m'inspirent, quand je vous fais cette priere. Venez montrer vôtre valeur & vôtre sagesse ; ils ne vous les ont pas données pour les ensevelir

lir dans ces deserts : souffrez que la gloire vous en arrache ; vous vous devez aux plus grands exploits, & je mets en vous toute ma confiance & tout mon espoir. Ménophite, qui n'étoit connu de ce Prince, que par le nom supposé qu'il avoit pris, fit tout ce qu'il put pour se défendre de suivre Arétas : mais enfin il accepta le parti qu'on lui proposoit, dans l'espérance de voir bientôt finir tous ses malheurs par une mort glorieuse, & de ne pas survivre encore longtems à la perte de sa chere Isménide.

Dés le lendemain il partit avec Arétas, pour assembler les restes de l'armée, qu'il augmenta considérablement de beaucoup de soldats, qu'il avoit tirez de ce desert, où il n'y avoit eu jusques-là que des hommes sauvages, & incapables des travaux guerriers. Il en forma en peu de tems des troupes nombreuses & formidables ; & ayant rejoint le corps de l'armée, qui s'étoit ralliée, il mit Arétas en état de se défendre, & de s'opposer aux progrés des rebelles. Ils furent vigoureusement repoussez dans une premiere attaque, où Ménophite pensa perdre la vie, étant tom-

tombé de ſon cheval, qui avoit été bleſſé mortellement. Mais quelques jours aprés, ils furent entierement défaits dans un combat ſanglant, où la juſtice & la valeur déciderent de la victoire en faveur d'Arétas. Silléus y périt de la main de Ménophite, & ſon audace reçut le prix que méritent les uſurpateurs. Le reſte des rebelles fut diſſipé, Arétas leur accorda une amniſtie générale, & ſe revit tranquile poſſeſſeur de ſes Etats. Ménophite ayant rétabli le calme dans l'Arabie, déchirée depuis quelque tems par des guerres civiles, pria le Prince Arétas de lui permettre de retourner dans ſa retraite. Arétas, aprés s'être oppoſé à ce qu'il lui demandoit, & avoir comblé de biens le ſage & vaillant Ménophite, quoy qu'avec bien de la peine, y conſentit. Ménophite quelque tems aprés, ne pouvant plus réſiſter aux mouvemens du Ciel, de la nature, & de ſon cœur, prit le deſſein d'aller revoir Tarſie, & partit, au grand regret de tous ceux qui paſſoient leur vie avec lui ſi utilement, & ſi agréablement.

Il n'avoit point oublié le gage précieux,

cieux, que le Ciel lui avoit donné de l'amour d'Isménide. Il voyoit souvent en songe la mere de cette aimable enfant : mais elle ne lui paroissoit point telle qu'il croyoit qu'elle fût, c'est à dire livrée aux horreurs de la mort : au contraire, elle portoit sur un visage riant, le plaisir de l'avoir vû, & l'espérance de le revoir. Elle n'étoit point accompagnée de ces objets lugubres & funebres, que les spectres des morts entraînent ordinairement avec eux. La pâleur, & le silence fuyoient loin devant elle : la tendresse, & la majesté formoient tous ses traits, les Graces respectueuses, & les Amours tremblans la conduisoient. Diane elle-même, sa Divinité protectrice, la présentoit à ses regards incertains, & sembloit les flater l'un & l'autre d'un espoir favorable. Son imagination, qu'échauffoit vivement sa douleur, se représentoit sans cesse la charmante Isménide, qu'il croyoit n'avoir possedée qu'un moment, & qu'il comparoit à ces apparitions fantastiques, enfans des vapeurs de la terre, qui s'évanoüissent dans l'instant même qu'ils frappent nos yeux.

Tarsie

Tarſie avoit été élevée comme une perſonne de ſon rang, & répondoit parfaitement aux ſoins qu'on avoit pris de ſon éducation. Elle étoit déja parvenuë à l'âge de quinze ans, lors qu'elle trouva ſa nourrice à l'extrémité, prête à mourir. La jeune Princeſſe en fut vivement touchée. Ecoutez mes dernieres paroles, lui dit Ligoris, & gravez-les profondement dans vôtre ame. Sçavez-vous qui eſt vôtre pere, & connoiſſez-vous vôtre patrie? Mon pere, lui répondit Tarſie, c'eſt Strangulion; ma mere, c'eſt Dioniſiade, & ma patrie, c'eſt la ville de Tarſe. Apprenez, lui dit la nourrice en ſoûpirant, apprenez qui vous êtes, afin d'apprendre de quelle maniere vous devez vous comporter, quand la nuit éternelle aura fermé mes yeux. Apollonius, & la fille du Roy Alciſtrate, qui eſt morte en vous donnant la naiſſance, ſont ceux de qui vous avez reçû le jour. Vôtre pere vint en ces lieux, & me commit le ſoin de vôtre enfance, auſſi bien qu'à Strangulion, & à Dioniſiade. Vous le verrez dans quelque tems, & peut-être bientôt, paroître ſur ces bords.

Si

Si Strangulion & sa femme n'en usent pas bien avec vous aprés ma mort, allez embrasser la statuë qu'on à élevée ici au Prince vôtre pere, & criez à haute voix, Je suis la fille d'Apollonius. Les habitans de Tarse, en considération des services qu'il leur a rendus, prendront vôtre défense, & vengeront le tort qu'on vous aura fait. Conservez toûjours les bons sentimens que le Ciel vous a donnez ; préferez la vertu à tout ce qu'il y a de plus cher au monde, & montrez-vous digne du sang dont vous êtes sortie. Sans vous, ma chere Ligoris, lui répondit Tarsie, j'ignorerois encore qui je suis. Si le Ciel m'en déroboit la connoissance, il élevoit quelquefois mon cœur au-dessus de ce que je croyois être. Je ne sentois point pour Dionisiade ces purs mouvemens de tendresse que la nature inspire ; la voix du sang ne me parloit point pour elle : une vanité secrete me flatoït, & je m'imaginois qu'il y avoit quelque chose de mystérieux dans ma naissance, que tôt ou tard le Ciel me découvriroit. Mais helas, quand les Dieux permettront-ils que je voye l'auteur de mes

mes jours ? Vous mourez, ma chere Ligoris, & je perds, en vous perdant, la consolation qui me restoit de l'éloignement de mon pere. Adieu, puissiez-vous trouver dans les Royaumes sombres, où vous êtes prête à descendre, un parfait repos, & une félicité sans bornes ; pnissiez-vous habiter le tranquile séjour des ombres heureuses, & ces délicieuses plaines, qu'entourent les eaux dormantes du Léthé, & que l'urne redoutable du sévere Minos rende justice à toutes vos vertus. A ces mots, la nourrice expira, & rendit l'ame dans les embrassemens de Tarsie, qui lui fit dresser sur le bord de la mer un monument, où elle fit mettre ses cendres, qu'elle arrosoit sans cesse d'un torrent de pleurs.

La Princesse reprit, & continua ses éxercices ordinaires, où elle brilloit avec tant de succés, qu'elle donnoit de la jalousie à toutes ses compagnes. Un jour que Dionisiade, suivie de sa fille, & de Tarsie, traversoit la ville, les Tarsiens admirant la richesse des vêtemens, & l'éclat de la beauté de la prétenduë Tarsie, s'écrioient : Heureux le pere d'une fille

fille ſi aimable ! qu'il a de graces à rendre aux Dieux ! Où vit-on jamais plus de charmes ? Quelle différence entre elle & Philomatie ! Dioniſiade entendit avec chagrin cette préférence : & de retour chez elle, le dépit & la fureur lui firent faire ces réflexions injuſtes & criminelles. Il y a long-tems qu'Apollonius eſt parti, je n'ai point reçû de ſes nouvelles ; ſans doute l'homicide ciſeau d'Atropos aura tranché ſes jours, ainſi que ceux de Ligoris. Rien ne ſçauroit plus me nuire dans mon deſſein ; il faut que la mort de Tarſie la puniſſe de ſa beauté, & me venge des mépris qu'on a pour ma fille. Cet outrage me regarde ; lavons cette offenſe dans ſon ſang. Je cede aux transports invincibles que la fureur m'inſpire ; la nature étoufe mes remords. Elle s'emporte, elle frémit de colere, chaque inſtant redouble la rage qui étincele dans ſes yeux ; elle aime & irrite elle-même ſes reſſentimens. C'eſt ainſi que dans les climats brûlans de l'aride Libie, une lionne furieuſe à qui on a enlevé ſes petits, médite une vengeance affreuſe & ſanglante : les forêts retentiſſent au loin de ſes

ſes rugiſſemens épouvantables ; elle ne reſpire que le carnage : tout tremble à ſon redoutable aſpect , & ſes regards enflamez inſpirent l'horreur & l'effroy.

En même tems elle fit venir Théophile , un de ſes eſclaves , à qui elle dit : Tu peux ſortir de la ſervitude , en m'immolant Tarſie ; la liberté vaut bien un crime, la tienne eſt à ce prix. Qu'a donc fait contre vous cette fille, qui paroît ſi aimable & ſi vertueuſe , lui répondit l'eſclave ? Je ne puis le dire , ajoûta Dioniſiade : mais ſonge à me ſatisfaire ; obéis , je te le commande , ou crains les effets de mon courroux. Théophile eut de la peine à s'y réſoudre ; & luy ayant demandé comment il s'y prendroit, pour commettre cette action ſi noire & ſi barbare : Tarſie , lui dit cette mere irritée , vient chaque jour faire des prieres , & verſer des larmes ſur le tombeau de ſa nourrice , qu'elle aimoit tendrement : il faut la ſuivre , & lui plonger dans le ſein ce poignard que je te donne ; tu jetteras enſuite ſans témoins ſon corps dans la mer ; & lorſque tu reviendras , ſois ſûr de recevoir ta liberté , avec une grande récompenſe.

L'es-

L'esclave contraint de lui obéir, se rend à l'endroit qu'on lui avoit marqué, où se devoit faire le sanglant sacrifice de cette innocente victime ; & tournant les yeux vers le Ciel: O Dieux! s'écria-t-il, à quelle extrémité suis-je réduit? Faut-il acheter si cher ma liberté? Non, restons plûtôt à jamais dans l'esclavage ; il n'est point de raisons qui puissent autoriser, ou rendre excusable un forsait si horrible. Mais la servitude est un mal trop cruel, & trop insupportable, je n'en puis sortir que par ce remede seul: Et fermant son cœur aux réfléxions, qui commençoient à l'émouvoir & à l'ébranler, il résolut d'éxécuter sa coupable entreprise.

Tarsie ne manqua pas, dans l'ardeur de rendre ses pieux devoirs à sa nourrice, de venir où l'attendoit cet assassin prêt à l'égorger. Trois fois il leva son bras timide, trois fois il chancela: les remords, ordinaires & premiers vengeurs des forfaits, le saisirent ; il crut sentir une main invisible qui vouloit desarmer la sienne. Quel crime ai-je commis, lui dit Tarsie tremblante, effrayée, qui mérite un tel sup-

ſupplice ? Je n'ai rien à me reprocher, qui bleſſe les hommes, ni les immortels. Si rien ne peut révoquer l'arrêt de mon trépas, différez-le du moins d'un moment, & permettez que je l'offre aux Dieux, arbitres ſouverains de nôtre vie, & de nôtre mort. J'atteſte ces mêmes Dieux, lui dit Théophile, que c'eſt malgré moy que je trempe mes mains dans vôtre ſang. Tandis que Tarſie ſe diſpoſoit à mourir, des Pirates qui parurent, & qui virent cette jeune fille prête à recevoir le coup mortel, crierent de loin : Arrête, qui que tu ſois, arrête ; cette victime nous appartient, elle n'eſt plus à toy. Le meurtrier prenant la fuite, s'éloigna ; les Pirates enleverent cette infortunée, & la mirent dans leur vaiſſeau.

Théophile revint trouver ſa maîtreſſe, & lui dit : J'ai fait ce que vous m'avez ordonné, Tarſie n'eſt plus, vous êtes vengée. Dioniſiade ſentit une joye inquiete mélée de crainte, qu'inſpire ordinairement le crime à ſon auteur : Par des larmes concertées, & par une affliction feinte, impoſons, dit-elle, à la crédulité des Tarsiens, répandons le bruit que par un coup rapide & imprévû, le ciseau de la Parque nous a ravi subitement Tarsie. Affectons les transports d'une mere desespérée, qui vient de perdre une fille qui lui étoit chere. De ce trépas accusons les Dieux, le destin, & nôtre malheur; prêtons à la fureur, l'apparence, & le langage de la pitié; sous les dehors de l'amour, déguisons la haine; versons des pleurs pour celle dont nous avons fait répandre le sang; que les regrets que nous donnerons à la vertu de la fille, dérobent aux yeux de tout le monde, le crime de la mere; & que tout autre que Strangulion, ignore à jamais le secret de cette mort. Strangulion ayant appris cette cruauté détestable: Est-ce donc là, dit-il à Dionisiade, le prix des bienfaits d'Apollonius? Ce Prince qui nous avoit confié sa fille, devoit-il s'attendre à cette inhumanité? Je frémis: quelle fureur éxécrable vous a fait trancher des jours innocens, que nous devions respecter, & défendre au péril des nôtres? Dieux immortels, qui

qui puniſſez les parricides, vous ſçavez ſi je ſuis complice de celui-ci. L'avez-vous pû permettre ? Que vos foudres vengeurs tombent à l'inſtant ſur ceux qui en ſont coupables : Et vous, Divinitez infernales, noires filles de la nuit, & de l'Achéron, Euménides redoutables, faites-leur ſentir les ſupplices deſtinez aux criminels, que vous tourmentez.

Les raviſſeurs de Tarſie regardoient avec admiration la beauté de cette jeune Princeſſe. Quoique ces cruels ne ſe piquent gueres d'humanité, & ſoient plus ſenſibles aux attraits de l'argent, qu'à ceux de la plus belle perſonne du monde, charmez du butin précieux qu'ils venoient de faire, ils voulurent décider entr'eux au ſort, à qui en ſeroit le maître. Mais la douceur, la jeuneſſe, & les charmes de Tarſie déſarmerent la férocité de ces barbares, qui réſolurent de la conduire au port le plus prochain, où ils pourroient partager en commun ce qu'ils en retireroient. Ils arriverent dans la ville de Mitilene, & l'expoſerent pour la vendre. Un infâme & mer-

mercénaire proſtituteur ſe préſenta pour l'acheter. Mais Aténagoras, Roy de cette Iſle, voyant tant de beauté dans cette jeune fille, en donna un prix conſidérable, & la fit enfermer dans ſon Palais. Le Roy épris de tant d'appas, vint la trouver une nuit, dans le deſſein de ſatisfaire l'ardente paſſion qu'il avoit pour elle. Tarſie ſe jetta auſſitôt à ſes pieds. Au nom des Dieux, lui dit-elle, modérez vos tranſports, ne ſoüillez point mon innocence par vos careſſes, laiſſez-la, par pitié, pure & ſans tache : n'abuſez pas de vôtre pouvoir, & de vôtre autorité. J'ai toûjours été élevée dans l'amour de la vertu, & dans l'horreur du vice. Reſpectez mon rang & mes malheurs, & daignez-en écouter le récit. Le Roy, aprés l'avoir entendu, confus & ſurpris de tant de circonſtances ſi touchantes, & ſi ſingulieres, lui dit : Ne craignez rien, conſolez-vous. Je n'ignore point les maux cruels où la fortune capricieuſe nous expoſe tous les jours ; & j'ai perdu depuis quelque tems une fille, pour qui je crains un ſort ſemblable au vô-

vôtre. L'amour introduisit dans son cœur la compassion, & la compassion y redoubla l'amour. Il combla de biens cette malheureuse Princesse. Plus sensible encore à ses disgraces, qu'à ses charmes, il essuya ses pleurs, dissipa ses craintes, & partagea ses peines. On doit du respect aux malheureux, sur tout quand la vertu ne les abandonne pas avec la fortune. La pitié, la raison, la nature, le devoir & la justice y invitent. Leurs malheurs sont une image de ceux où nous pouvons tomber à tout moment. Si je fais rien qui puisse vous déplaire, ou offenser vôtre sagesse, lui dit le Roy, que la fille que j'aime si tendrement, & dont les Dieux m'ont privé, puisse être encore plus à plaindre que vous. Je prétends que vous me dédommagiez d'elle, & que vous me teniez lieu de ce que j'avois de plus précieux au monde.

Apollonius, aprés de longs & dangereux voyages, revint dans la ville de Tarse, pour y revoir sa chere Tarsie. Strangulion & Dionisiade, surpris de l'arrivée d'Apollonius, qu'ils croyoient mort depuis long-tems : Qu'avez-vous, leur dit-il, & d'où vient la tristesse que vous me témoignez en m'abordant? Ha sans doute elle me regarde plus que vous. Que dois-je croire ? Que me présagent les horreurs qui me saisissent, & l'embarras timide où je vous vois ? Soupçons peut-être trop bien fondez, puissiez-vous ne me causer que de chimériques allarmes. Il sentit en ce moment son cœur se troubler ; la nature lui suggéra mille secrets pressentimens de son malheur, & autant de sujets de crainte pour Tarsie. Plût au Ciel, lui dit alors Dionisiade, les yeux baignez de larmes artificieuses, plût au Ciel, que quelqu'autre que moy eût voulu se charger de la funeste nouvelle que j'ai à vous apprendre. Cette aimable, & jeune Princesse, vôtre espoir & le nôtre, que j'avois élevée avec tant de soin & de plaisir, est allé sur la rive infernale, rejoindre Isménide sa mere. Apollonius à ces mots, comme frapé d'un coup de foudre, ne sçut que répondre ; l'usage de ses sens l'abandonna, il perdit presque entierement

ment celui de sa raison. Aprés être sorti de l'abîme où l'avoient plongé le saisissement & la douleur : O Dieux ! s'écria t-il, faloit-il encore ajoûter ce surcroît à mes maux ? Ne vous lassez-vous point d'éprouver ma constance ? N'étoit-ce point assez des supplices que j'avois soufferts ? Vous plaisez-vous à voir les mortels dans l'affliction, & dans le desespoir ! Quelles sont les rigueurs que vous éxercez sur les coupables, si vous persécutez jusqu'à ce point l'innocence ? C'est à ce coup que toute ma fermeté succombe. Pourquoy troubler les douceurs de l'espérance, qui me restoit pour toute consolation ? Helas ! je me flatois de voir bientôt cette chere fille, que la mort moissonne au printems de son âge, combler les desirs de son pere. J'espérois qu'elle pourroit un jour devenir l'appui de mes vieux ans. Vains projets ! inutiles vœux ! Mais que sert de murmurer contre les destinées ? Mes plaintes ne me rendent pas ce que j'ai perdu. Il alla se jetter sur le tombeau que les Tarsiens avoient fait dresser à sa fille. A cet aſpect ſa douleur s'irrita ; ſes yeux devinrent deux ſources inépuiſables de larmes, que ſes soûpirs ne purent ſécher, & que ſa raiſon ne put tarir. Il détourna cent fois ſa vuë d'un objet ſi triſte ; & ne pouvant plus ſupporter celle du jour, ni celle de lui-même, il ſe remit en mer, ne faiſant plus de ſouhaits, que pour un promt trépas.

Tandis qu'il navigeoit du côté de Tyr, Eole fit ſortir de ſes antres profonds & ſoûterrains, une troupe de vents, qui briſant leurs chaînes avec violence, furieux, & en même tems favorables, jetterent ce Prince infortuné ſur les côtes de Mitilene. Quel bruit a frapé mes oreilles, dit Apollonius ? & quels cris de joye ſe font entendre ? Réjouiſſons-nous, lui répondit le Pilote, nous ſommes en ſureté ; ne craignons plus la fureur des vents. On célebre ici la fête de Neptune ; nous pouvons prendre part à l'allégreſſe publique. Non, lui dit le Prince en ſoûpirant, le plaiſir m'eſt défendu, je me l'interdis moi-même, il n'eſt plus fait pour moi ; je ne dois m'occuper que

que de ma douleur, jusqu'à ce qu'elle finisse le cours de ma vie. Pour vous, qui n'avez point les sujets d'affliction que le Ciel m'a donnez, mêlez-vous parmi cette troupe, & partagez ces jeux. Qu'on me laisse seul, & que personne, sous peine de la mort, ne paroisse devant moy. Allez, que chacun se distingue dans cette fête par son zele, & par son adresse. Il fit distribuer de l'argent à tous ceux de sa suite, & s'enferma, triste, réveur, & mélancolique.

Mille instrumens harmonieux faisoient retentir les airs dans le port de Mitilene. Les mats des vaisseaux étoient ornez de fleurs; les matelots s'éxerçoient à differens jeux, où les plus habiles remportoient des prix considérables. On n'entendoit de toutes parts que des voix confuses, qui animoient les concurrens, & qui applaudissoient aux vainqueurs. Aténagoras parut à cette fête: & comme il se promenoit sur le rivage avec Tarsie, qu'il aimoit autant que si elle eût été sa fille, il apperçut, & considéra quelque tems le vaiſſeau d'Apollonius, qui ſe diſtinguoit parmi les autres, par ſa magnificence. Les matelots l'inviterent à leur faire l'honneur d'y entrer. Aténagoras s'y fit tranſporter; & charmé du bon ordre & de la richeſſe qu'il y voyoit, il fit donner aux matelots, qui le reçurent avec plaiſir, de quoy paſſer agréablement cette fête. Il leur demanda qui étoit leur maître. Seigneur, répondit le Philote, l'ennui l'accable, le chagrin le dévore, il ne ſonge qu'à mourir. Allez vers lui de ma part, ajoûta le Roy, & dites-lui que je ſouhaite l'entretenir. Quelque reſpect que j'aye pour vous, je n'oſe vous obéir, repliqua le Pilote: il a défendu, ſous peine de la mort, que perſonne lui parlât. La loy n'en eſt que pour vous, & non pas pour moy, dit Aténagoras; j'irai moi-même. Il fut conduit dans le vaiſſeau de cet étranger, qu'il étoit curieux de voir, & le trouva dans une profonde triſteſſe. Le Prince de Tyr crut que c'étoit quelqu'un de ſes gens: & levant ſes yeux enflamez de courroux, il vit un homme qui lui étoit in-

inconnu, & qui paroiſſoit une perſonne de diſtinction. Il diſſimula ſa colere, & garda un morne ſilence. Je ſuis le Roy de cette contrée, lui dit Aténagoras; j'ai appris que vous étiez dans la douleur : ne vous y livrez point; je viens ici pour vous conſoler, s'il eſt poſſible. L'affliction qui va trop loin, devient une foibleſſe ; il n'y a point de maux ſans remede. L'abattement où vous êtes plongé, doit finir ſon cours. Reprenez le courage & l'eſpérance, & attendez tout de la juſtice, & de la bonté des Dieux. Seigneur, lui répondit Apollonius, vos conſeils ſont ſages & généreux : mais ils ſont inutiles. Laiſſez-moy, rempliſſant ma cruelle deſtinée, traîner une vie languiſſante, malheureuſe, & qui touche à ſa fin. Je ne la regretterai pas ; les Dieux m'ont enlevé quelque choſe de plus précieux. Epoux ſans femme, pere ſans fille, je n'y prétends plus rien. Le Roy s'en retourna, ſans pouvoir le perſuader, touché de l'air noble, & grand de cet étranger, dont le malheur l'avoit attendri. Il crut que l'eſprit, & la beauté té de Tarsie, obtiendroient tout ce qu'elle voudroit. Il lui dit : Ma fille, consoler les malheureux, c'est une bonne action, que les Dieux approuvent, & que tôt ou tard ils récompensent. Allez trouver le maître de ce vaisseau, qu'il lui montra, & faites vos efforts, pour le tirer de la douleur mortelle dont il est saisi : exhortez-le à vivre. Peut-être que les Dieux se sont reposez sur vous de ce soin. Ne négligez point cette occasion de faire paroître vôtre bon naturel, & les talens que vous avez reçûs des Cieux.

Tarsie se présenta devant Apollonius; aprés l'avoir salüé : Pardonnezmoy, dit-elle ; & n'interprétez point mal la liberté que je prends. Je viens ici par l'ordre du Roy, pour vous inviter à venir danr son Palais. Sensible à vos adversitez, il voudroit vous voir dans une situation plus tranquile. Ne craignez rien de ma part : je ne suis point venuë pour séduire la vertu, dont vôtre auguste front semble porter le caractere. La démarche que je fais, me coûte assez, l'obéïssance & la pitié l'ont éxigée

éxigée de moy. De tems en tems il regardoit fixement cette aimable & jeune Princeſſe, & ſentoit nu plaiſir inconnu à la voir & à l'entendre. Sa triſteſſe y trouvoit un charme ſecret qui en ſuſpendoit la violence. A cette voix qui frapoit ſes oreilles, ſon cœur ſe laiſſoit attendrir & calmer, ſes plaintes n'étoient plus ſi vives. La préſence de Tarſie lui inſpiroit des ſentimens confus qu'il avoit peine à démêler. Elle excitoit dans ſon ame un trouble plein de nouvelles douceurs, qui ſembloit lui promettre le repos qu'il avoit perdu. Il ne pouvoit ni ſe défendre, ni ſe laiſſer d'attacher ſes regards ſur elle. Ses pleurs & ſes soûpirs devenoient plus tendres, que douloureux : tout ſon ſang s'agita dans ſes veines ; il s'efforça de cacher cette émotion que produiſoit la nature, de peur de la confondre avec une foibleſſe, qu'il ſe ſeroit toûjours reprochée. Je ne veux point, continua-t-elle, inſpirer à vôtre cœur des ſentimens indignes de vous. Quand je ſerois capable d'en avoir, qui pourroient bleſſer vôtre gloire, & la mienne, ne, la majeſté que je vois ſur vôtre viſage, & le reſpect que vôtre préſence m'impoſe, me retiendroient. Si le Ciel m'a donné quelque beauté en partage, je n'en ai jamais abuſé. Les ſages inſtructions que j'ai recûës, & la bonté des Dieux m'ont toûjours conſervée dans l'innocence. Je vous ſuis trop redevable des ſoins que vous prenez, lui dit Apollonius; la douleur que je ſens, eſt de celles ſur qui ne peuvent rien ni le tems, ni les conſeils, ni la raiſon. Je prends part à vos maux, lui répondit Tarſie: mais quelque grands qu'ils ſoient, ils ne doivent point abattre un grand courage. Il ne faut jamais deſeſpérer de rien. Vous n'êtes pas ici ſeul, qui ayez ſujet de vous plaindre des rigueurs du ſort. Celui que j'éprouve, eſt encore ſans doute plus triſte, & plus cruel que le vôtre. J'ai toûjours ſouffert depuis ma naiſſance; je n'ai jamais eu la ſatisfaction de voir ceux à qui je la dois. Ma mere, en me la donnant, privée des honneurs de la ſépulture, pérît ſur les flots. Pour ſurcroît de diſgrace, mon pere

pere confia ma jeunsse à une Cilicienne, qui donna ordre à un esclave de me faire périr. Comme il avoit le bras levé, pour me percer le sein, des Pirates survinrent, qui m'arracherent à la mort, & m'ayant enlevée, me conduisirent en ces lieux, où les bienfaits d'Aténagoras comblent chaque jour mes desirs. Puisse bientôt le juste Ciel me rendre à mon pere Apollonius, & me faire oublier, en le voyant, tous mes malheurs. O Dieux ! s'écriat-il aussitôt, ne doutant plus à ces marques indubitables, qu'elle ne fût sa fille, ô Dieux ! je reconnois ici vos bontez singulieres, j'ai retrouvé ma fille. Il se jetta au cou de Tarsie ; & semblable à un homme, qui recouvre un trésor considérable qu'il a perdu, il ne pouvoit modérer, ni l'ardeur de ses embrassemens, ni les pleurs que la joye lui faisoit répandre. Venez, cria-t-il à haute voix, en appellant tous ceux de sa suite, venez prendre part aux doux ravissemens de mon ame. Ils accoururent promtement avec Aténagoras au bruit qu'ils entendirent, & le trou-

trouverent fondant en larmes, & embrassant Tarsie, avec des transports qui ne peuvent s'exprimer, que par ceux qui les ressentent. Seigneur, dit-il au Roy, que ne dois-je point à vos bontez; J'ai trouvé le bien dont je me croyois privé à jamais, & dont la perte me rendoit inconsolable; ma fille n'est point morte, c'est elle que je revois. Quel Dieu favorable me l'a renduë? O Ciel, que je te dois d'actions de graces! Elle lui raconta ses differentes, & bizarres avantures, dont le récit redoubla encore la tendresse & l'étonnement d'Apollonius.

Aténagoras le pria de venir dans son Palais, se délasser des fatigues de tant de longs voyages. Il le traita magnifiquement, lui fit tous les honneurs, & lui procura tous les plaisirs qu'il put imaginer. Aprés s'étre remis de ses travaux, & de ses chagrins, Apollonius songeoit à partir de Mitilene. Aténagoras, qui s'étoit fait une douce habitude de voir, & d'aimer Tarsie, ne put se résoudre à s'en voir séparer, par un éloignement, qui lui coûteroit tant de de peines. J'aime Tarſie, dit-il au pere de cette aimable Princeſſe : mon peuple craint de voir éteindre le ſang de ſes Rois, & que le Sceptre de Mitilene ne paſſe en des mains étrangeres. Les Dieux veulent affermir cet Empire, en lui donnant par elle de nouveaux ſucceſſeurs. J'ai perdu ceux que j'avois eus d'un premier hymenée, & entr'autres une fille, que le Ciel avoit formée avec l'aſſemblage de toutes les perfections. J'ignorai quelque tems ce qu'elle étoit devenuë : mais helas ! je n'en fus que trop éclairci. Je la trouvai baignée de ſon ſang, & terraſſée avec ſon cheval, tous deux ſans vie, dans la forêt voiſine. Elle s'étoit égarée en pourſuivant un monſtre furieux qui ravageoit ce païs. Ses chiens fideles n'avoient point voulu l'abandonner, & pleuroient autour d'elle, en gémiſſant, ſon cruel trépas. Elle tenoit encore dans ſa main les rênes de ſon cheval. J'apperçus ſon voile enſanglanté : ſes yeux couverts des ombres de la mort frapperent ma vuë ; ſes cheveux épars firent dreſſer les miens. Jugez à ce ſpectacle affreux quelles furent mes douleurs, par

 cel-

celles que vous avez ſenties. Tarſie put ſeule me conſoler du funeſte ſort de cette infortunée. Elle me rendit tous les devoirs de fille, je lui donnai tous les ſoins de pere. Son eſclavage ne dura pas longtems : elle trouva dans ma Cour un aſile aſſuré contre le deſtin qui la perſécutoit. Je l'arrachai à des raviſſeurs plus redoutables que ceux qui l'avoient enlevée de Tarſe. Je la traitai moins en eſclave, qu'en Princeſſe dont je reſpectois les malheurs. En lui rendant ſa liberté, je perdis la mienne : elle me fit ſentir juſqu'où peut aller le pouvoir d'une mortelle, que les Dieux ont formée, pour s'attirer comme eux une crainte mêlee de reſpect, & de tendreſſe. Sa beauté me contraignit à pouſſer des ſoûpirs, que ſa vertu étouffa, & je me vis reduit à la trouver la plus aimable perſonne du monde, ſans oſer preſque l'aimer. Je me flate que vous conſentirez ſans peine que je devienne ſon époux. Seigneur, répondit Apollonius, quand la gloire & la vertu ne parleroient point en vôtre faveur, la juſtice & la reconnoiſſance me détermineroient à recevoir avec plaiſir l'agréable & flateuſe pro-

proposition que vous me faites. Vôtre demande prévient la mienne, & vos souhaits secondent mes desirs. Le Ciel semble aujourd'hui ne vouloir adoucir mes maux, que pour me rendre plus sensible aux vôtres. Si la possession de Tarsie peut contribuer à les guérir, ou à les soulager, recevez avec la tendresse de la fille, l'estime & l'amitié du pere ; trop heureux qu'un nœud sacré vous unisse ensemble à jamais, & qu'elle partage avec vous un Trône que vous remplissez si dignement. On fit des préparatifs somptueux. Le Roy de Mitilene qui excelloit à inventer des fêtes nouvelles, en ordonna une superbe & magnifique. Il épousa l'adorable Tarsie, & lui promit à la face des Dieux, qu'il lui seroit aussi fidele qu'à eux-mêmes, & qu'aprés les Immortels, elle seroit le premier & principal objet de sa vénération & de son amour. Elle fut proclamée Reine des Lesbiens, qui la reconnurent avec joye pour leur Souveraine. Ce Roy ne pouvoit faire un choix meilleur, ni plus légitime. Le sang d'Apollonius, qui couloit dans les veines de Tarsie, étoit un pré-

préſage infaillible du bonheur dont joüiroient les peuples qui vivroient ſous ſa domination. Ils ſe flatoient déja d'en avoir des Héros, qui les rendroient puiſſans & glorieux, & ſe faiſoient d'avance un plaiſir de ſuivre ſes loix, qui ne pouvoient être que celles de la juſtice. Aténagoras étoit un Prince bon, & vertueux, mais nourri dans la molleſſe, loin du bruit des armes, & préférant les douceurs du repos, aux triomphes les plus éclatans. Il regardoit les ambitieux, comme des inſenſez, qui courent aprés des chimeres, & qui n'embraſſent que des fantômes. Un conquérant lui paroiſſoit un homme né pour tourmenter les autres, & pour les faire payer de leur ſang, & de leurs larmes, ſa grandeur & ſon pouvoir. Il avoit beſoin d'un ſucceſſeur, qui relevât le courage de ſes ſujets, qui les exerçât au travail, & qui leur aprît que quoique l'on ſoit en paix, il faut toûjours ſe mettre en état d'entreprendre, & de ſoutenir la guerre, & de ſçavoir au moins ſe défendre, ſi l'on ne ſçavoit pas attaquer. C'eſt ce qu'on pouvoit eſpérer d'un ſang auſſi prudent, auſſi polititique, & auſſi courageux que celui d'Apollonius, qui accompagné d'Até[illegible]agoras, & de Tarſie, quitta la ville de Mitilene, aprés avoir fait pluſieurs largeſſes à tous ſes habitans.

Leur deſſein étoit de paſſer à Tarſe, avant que de retourner à Tyr: mais Apollonius fut averti en ſonge par Diane, d'aller viſiter le Temple, qui lui étoit conſacré dans la ville d'Epheſe, & qu'enſuite il iroit à Tarſe, venger l'outrage qu'on y avoit fait à ſa fille. Sitôt qu'il fut éveillé, il fit part au Roy Aténagoras, & à Tarſie, de ce qu'il avoit vû dans ce ſonge myſtérieux. Ils lui dirent qu'ils l'accompagneroient par tout où il porteroit ſes pas. On donna l'ordre au Pilote de changer ſa route, & de faire voile du côté d'Epheſe, où ils aborderent en peu de tems. Dés qu'ils furent arrivez, Apollonius avec ſon gendre & ſa fille, ſe fit conduire au Temple, où Iſménide avoit la premiere place parmy les Prêtreſſes de Diane. Il pria qu'on lui ouvrît le Sanctuaire: on vint dire au Grand Prêtre, qu'un étranger, chargé de préſens pour la Déeſſe, demandoit cette faveur. Iſméménide ſe revêtit de ſes habits ſacrez, & vint le recevoir, ſuivie des autres Prêtreſſes, qu'elle ſurpaſſoit en beauté, & en magnificence, autant qu'un chêne fier, & majeſtueux ſurpaſſe les plus petits arbriſſeaux, & que l'aſtre de Vénus efface l'éclat des autres étoiles. Elle étoit favoriſée particuliérement de la Déeſſe, à cauſe de l'innocence, & de la pureté de ſes mœurs. Quand elle ſe fut préſentée aux regards d'Apollonius, (prés de vingt années d'abſence, de douleurs, & de fatigues l'empêchoient de le reconnoître) ce Prince ſe jetta reſpectueuſement à ſes pieds; elle brilloit de tant de grace, & de majeſté, qu'on l'eût priſe pour la Déeſſe même On ouvrit le Sanctuaire, Apollonius offrit ſes riches, & nombreux préſens. Apprenez-nous qui vous êtes, généreux étranger, lui dit Iſménide, afin que vous puiſſiez avoir part aux hommages, & aux ſacrifices que nous rendrons à l'auguſte, & puiſſante Déeſſe que nous ſervons. Je ſuis un Prince de Tyr, lui répondit-il, qui fuyant la fureur d'Antiochus, ce Roy injuſte, ce pere coupable, fus jetté par la tempête ſur les bords de de Cyrene. Le Roy Alcistrate m'y reçut favorablement, & m'unît par l'hymen avec sa fille, que les Dieux avoient ornée de mille vertus. Tout secondoit à la fois mes desirs, mon amour, & ma gloire : mais l'onde envia ce dépôt précieux à la terre. Je la perdis malheureusement, & le trépas me l'enleva, dans un voyage que je faisois avec elle, pour retourner en Phénicie, aprés que la foudre eut consumé le criminel Antiochus. Je n'espere plus la revoir que sur les sombres bords, où j'ai crû que mes douleurs me feroient descendre avec elle : j'en eus une fille, qui m'a coûté bien des larmes; pardonnez-moy, si le triste souvenir d'avoir perdu ma chere Isménide m'en arrache encore de nouvelles en vôtre présence, & si je ne puis devant vous contraindre mes trop justes regrets. A ce discours mêlé de soûpirs & de sanglots, Isménide frémît de joye, & d'étonnement, & ne douta plus de l'accomplissement de l'oracle, qu'elle avoit reçû à Délos. Elle s'approcha d'Apollonius, pour l'embrasser; il se recula par respect. Enfin les Dieux nous réunissent aprés tant de traverſes, lui dit-elle, avec une vive, & modeſte allégreſſe, qui étoit répanduë ſur ſon viſage : Je ſuis la fille d'Alciſtrate, & vous êtes Apollonius. C'eſt vous qui avez ſauvé la vie à mon pere ; c'eſt vous que la vertu, la ſcience, & la valeur ont mis au deſſus de tous les mortels ; c'eſt vous que l'hymen a joint avec moy par des nœuds formez ſous les auſpices de la gloire, de la juſtice, & de la reconnoiſſance. Vous ſçaurez par quel hazard, ou plutôt par quel prodige le Ciel m'a conſervé la vie : les plaiſirs préſens ne me permettent pas de ſonger aux peines paſſées. Qu'entends-je ? à peine mon cœur peut-il s'en rapporter à mes yeux, répondit Apollonius, ſaiſi du trouble agréable, qu'un plaiſir auſſi imprévû fait naître. C'eſt donc vous que je revois, charmante Isménide ? Que vous m'avez cauſé de triſteſſe, & de ſoupirs ! Depuis que j'ai crû que vous aviez perdu la vie, la mienne n'a été qu'un tiſſu de malheurs, & qu'un ſupplice continuel, & inſupportable. Mais enfin je vous retrouve, & j'oublie, en vous revoyant, tout ce qu'il m'a couté de ne vous voir pas.

pas. Du plus infortuné des hommes, je deviens le plus heureux : plus mon sort fut digne de pitié, plus il est digne d'envie : plus ma douleur, & mon desespoir eurent de violence, plus mon bonheur, & ma surprise ont de charmes. Où est ma fille, ajouta Isménide ? que je puisse la voir, & l'embrasser. La voila, lui dit-il, en lui présentant l'aimable Tarsie ; & voici vôtre gendre, en lui montrant Aténagoras. C'est un Prince digne du Sceptre qu'il porte, & je dois à sa vertu, vous, Tarsie, & le jour. Isménide leur donna de véritables témoignages de l'affection maternelle, & remercia le Ciel, qui lui donnoit à la fois tant de biens, dont un seul auroit pû suffire pour combler ses souhaits.

Toutes les Prêtresses se regardoient avec étonnement. Cette entrevuë si interessante touchoit sensiblement leur cœur. Elles formerent mille vœux pour la Princesse, prierent leur Divinité de lui être toûjours favorable, & lui firent des adieux mêlez de joye, & de tristesse.

Le bruit de cette heureuse nouvelle se ré-

répandit dans la ville d'Ephese : tous les habitans l'apprirent avec plaisir. Chacun benissoit la justice, & la bonté des Dieux, qui récompensoient la constance, & couronnoient la vertu. Apollonius, & Isménide offrirent à Diane en action de graces un pompeux, & solemnel sacrifice, & se remirent en mer, avec Aténagoras & Tarsie, pour retourner à Tyr. Le Prince revit ses Etats, dont la paix, & la tranquilité n'avoient été troublées que par son éloignement. Il les retrouva dans un aussi bon ordre qu'il les avoit laissez, & ses sujets aussi fideles dans leur devoir, qu'empressez dans les témoignages qu'ils lui en donnoient. Les Tyriens le reçurent avec des acclamations, & des marques de zele, qui n'eurent jamais d'égales. Le jour qu'il devoit arriver, le peuple impatient de revoir un Prince si digne de son amour, courut en foule au devant de lui. Les Grands, & les principaux de la Ville, se disputoient à qui lui rendroit le premier ses respects, & ses hommages. Les chemins étoient semez de fleurs, & remplis d'instrumens. Les airs retentirent de voix, qui annonçoient par

par des cris d'allégresse son nom, & son retour aux échos du Liban, dont les Cedres superbes sembloient incliner leur tête altiere à son passage. On voulut lui faire partager l'encens avec les Dieux: mais il refusa modestement ces honneurs, qui ne sont dûs qu'aux Immortels Tous leurs Temples furent ouverts, pour les remercier par de nombreux sacrifices, de la faveur qu'ils accordoient à la Phénicie. Quelle douceur, quelle satisfaction pour lui, de voir les sentimens dont tous les cœurs étoient pénétrez! Le sien en fut émû, & ses yeux en verserent des larmes de joye. Il eût voulu embrasser chacun en particulier, & pouvoir descendre de sa grandeur, pour contenter sa tendresse. Sa présence rendoit à ces lieux tous leurs charmes. Les foibles vieillards hâtoient leur tremblante démarche, pour le revoir plûtôt. Les meres, précipitant leurs pas, apprenoient à leurs enfans, qui ne l'avoient point encore vû, de quel bonheur ils alloient joüir en le voyant. Les réjoüissances, & les fêtes publiques durerent jusqu'à son départ pour Tarse, où il arriva, suivi de toute sa famille. Il don-

donna ordre qu'on cherchât Strangulion, & Dionisiade, & qu'on les amenât devant lui. Ensuite ayant fait assembler les habitans de la ville : Quelqu'un de vous a-t-il sujet de se plaindre de moy, leur dit-il? Tous lui répondirent : Nous préservent les Dieux de pousser jusques-là l'ingratitude. Nous vous reconnoissons tous pour nôtre libérateur, & pour nôtre pere. Disposez de nôtre vie, & de nos biens, nous vous les devons, & nous les perdrons volontiers pour vous, s'il le faut. Nous n'avons point oublié vos bienfaits, & vôtre générosité. Si vous doutez de nôtre amour, & de nôtre reconnoissance, c'est une injustice que nous n'avons pas méritée. La Statuë que nous vous avons fait élever, nous justifiera. Apollonius leur dit : J'avois recommandé le soin de ma fille à Strangulion, & à Dionisiade, qui n'ont pas voulu me rendre le dépôt que je leur avois confié. Dionisiade lui répondit : Seigneur, vous sçavez sa mort, vous avez vû vous-même son tombeau. Je ne suis point maîtresse des destinées ; si j'avois quelque pouvoir sur elles, vôtre fille vivroit encore. Apollolonius fit venir Tarſie, qui s'étant découvert le viſage, qu'elle s'étoit voilé : Me reconnoiſſez-vous, dit-elle à Dioniſiade? Quel prodige ſurprenant vous rend au jour, aimable Tarſie, s'écria ce monſtre de cruauté ? Je me réjoüis de vous voir de retour des enfers. Comment avez-vous fait, pour repaſſer le fleuve terrible, dont les ondes brulantes ſont toûjours couvertes d'ombres, que la barque du vieux Nocher des morts introduit ſans ceſſe aux Champs Eliſées ? Théophile comparut auſſi ; & ayant été interrogé ſur ceux qui lui avoient donné ordre de la faire mourir, il répondit, que c'étoit Dioniſiade ſeule qui l'y avoit contraint, & qu'heureuſement des Pirates étoient ſurvenus, qui l'avoient empêché d'achever ce crime involontaire. Auſſitôt les Tarſiens indignez prononcerent d'une commune voix l'arrêt de Dioniſiade, & la firent conduire hors de la ville, pour être lapidée. On la fit attacher à un poteau ; chacun voulut être témoin de la punition, & contribuer au châtiment de cette criminelle. On pouſſa contre elle mille imprécations, & on trouvoit que c'étoit c'étoit trop peu, qu'elle n'eût qu'une vie à donner pour expier tant d'horreur. Une grêle de pierres, & de cailloux vole, siffle dans les airs, & fait rendre à cette parricide son ame, avec son sang, dont la vapeur fumante n'osoit s'élever dans les airs, de peur de les soüiller, & sembloit vouloir s'abîmer dans les entrailles de la terre, pour prendre le chemin des demeures infernales, où cette coupable étoit prête à descendre. On voulut aussi faire souffrir le même supplice à Théophile; Tarsie généreusement s'y opposa, & dit: Il a été forcé à servir la fureur de Dionisiade. S'il ne m'avoit donné le tems de recommander mon ame aux Dieux, j'aurois perdu la vie, & je ne serois point en état de défendre la sienne. Il fut banni, Philomatie, & Strangulion allerent pleurer dans un long éxil leur malheureuse destinée.

Apollonius retourna vers le Roy Alcistrate, qu'il trouva languissant, & accablé de vieillesse, & d'infirmitez. Le Roy le reçut avec bienveillance, & revit avec plaisir Isménide, Aténagoras, & Tarsie. Il expira peu de tems aprés, entre les

bras

bras d'Apollonius, qui avoit été declaré par lui fucceffeur du Sceptre de Cyrene, dont il prit poffeffion, au grand contentement de tous les Cyrénéens. Ifménide pénétrée de la plus vive, & la plus fincere douleur, fit préparer au Roy des obfeques célebres. Chacun voulut affifter à fes funérailles, & mêler fes pleurs aux larmes publiques. Jamais pompe ne fut plus trifte, ni plus magnifique; & jamais Prince n'avoit été plus aimé, ni plus digne de l'être. Toute la ville éclatoit en gémiffemens. La vertu du nouveau fucceffeur pouvoit feule modérer la trifteffe des Cyrénéens. La politique, & l'affectation n'avoient point de part à leur chagrin, le cœur feul les animoit à rendre ce tribut à leur Roy. Il n'y eut pas un habitant de Cyrene, qui ne fût prêt à rendre l'ame, en lui rendant les derniers devoirs. Toutes les maifons, & les ruës étoient couvertes de branches de cyprés; & cette décoration funebre, jointe à la défolation générale, formoit un fpectacle capable d'attendrir les plus infenfibles. Enfin Alciftrate fut conduit dans un char orné lugubrement, & fuivi d'un nombreux

breux cortege, ſur une montagne voiſine, où étoient les tombeaux des Rois ſes ayeux, & où devoit s'achever cette douloureuſe, & ſolemnelle cérémonie, qui fut interrompuë cent fois par des cris, & des ſanglots redoublez. Les gardes, & les ſoldats affligez, revêtus de longs habits de deüil, étoient rangez en haye autour du bucher : des inſtrumens plaintifs rendoient les ſons les plus lamentables. Une voix en gémiſſant s'écria par trois fois, *Alciſtrate n'eſt plus.* Les chants funebres commencerent, l'encens fuma, les liqueurs odoriférantes furent répanduës. Enſuite le Grand Prêtre pouſſant un long ſoûpir, & ne pouvant retenir ſes larmes, alluma le bucher, qui n'étoit conſtruit que de bois de ſenteur. A la pâle lueur des flambeaux qui éclairoient cette nuit, plus ſombre que les autres, on vit monter ſa flame juſqu'aux cieux. Tout le peuple ſenſible à la perte qu'il venoit de faire, voulut avoir de ſes cendres. Il ſe jetta ſur le bucher avec précipitation, ſans qu'on pût le retenir; & ce Roy ſi vertueux n'eut pour tombeau que tous les cœurs de ſes ſujets.

Apol-

Apollonius, dans le deſſein de ſe rendre à Tyr, donna le gouvernement de Cyrene à un homme, dont la vertu, & la capacité lui étoient connuës, & qui avoit rendu de grands ſervices au Roy Alciſtrate.

Un jour qu'il ſe promenoit ſur le bord de la mer, il ſe reſſouvint du Peſcheur qui l'avoit ſecouru aprés ſon naufrage. Il le fit chercher, & donna ordre qu'on l'amenât dans le Palais. Le Peſcheur ſe voyant environné de ſoldats, crut qu'il étoit perdu, & qu'il n'avoit plus à ſonger qu'à mourir. Il parut interdit, & tremblant devant le nouveau Roy, qui lui dit : Raſſurez-vous ; les Dieux, & les Rois qui doivent être leur image, ne laiſſent point les bonnes actions ſans récompenſe. Le ſoulagement qu'on donne aux malheureux, n'eſt jamais perdu. Je ſuis cet Apollonius, qui fis naufrage ſur ces bords, & que vous retirâtes chez vous. Quittez la vie dure, & pénible que vous menez, je vous prépare un ſort plus doux. La vertu tôt ou tard obtient le prix qu'elle mérite ; c'eſt aujourd'hui que vous recevrez celui que je vous dois. Je n'ai point oublié les ſoins que vous avez pris de moy, j'en prendrai de vous, qui m'acquitteront des vôtres : vous me les avez rendus en Peſcheur, je veux les reconnoître en Roy. Aténagoras, & Tarſie retournerent à Mitilene. Apollonius, & Iſménide, aprés tant d'événemens extraordinaires, revinrent à Tyr, où ils regnerent paiſiblement quelques années, & moururent, regrettez univerſellement de tous leurs ſujets.

FIN.

CATALOGUE
DES
LIVRES,

Qui se trouvent dans la Boutique de
JEAN HOFHOUT
à ROTTERDAM.

ABregé de la Morale de l'Evangile ou Reflexions Chrêtiennes sur les Textes des quatre Evangiles par ordre de l'Evêque de Chalons, 12.
- - - Chronologique de tous les Empereurs jusqu'à Leopold Ignage, 8.
- - - de la Nouvelle Methode Latine par Messieurs de Portroyal, 8.
- - - de la vie de Marie Terese d'Autriche Reine de France avec son Oraison Funebre par J. B. Bossuet, 12.
Admirable Secrets d'Albert le Grand, 12.
Actes & Memoire de la Paix de Ryswyk, 12. 5 vol.
- - - de la Paix d'Utreght, 12.
Anatomie du Corps Humain par St. Hillaire, 8. 2 vol.
Adelaide de Campagne, 12.
Academie Universel des Jeux avec les Regles, 12. 2 vol.
Année Chrêtienne, 12. 11 vol.
Apulé de l'Esprit Familier de Socrate Lat. & François, 12.
Apologie de Tertullien, 8.
Apparition de Mr. le Noble.
Apparences Trompeuses, 12.

Alcoran de Mahomet, 8.
Art de Vivre Content, 8.
- - de Guerrier les Maladie Veneriennes par Blegny, 12.
- - de Laver ou Nouv. Maniere de peindre sur le papier par Gautier, 8.
- - de ne point s'ennuyer, 12.
Avis salutaire aux Peres & aux Meres, 12.
Amours degagé ou les Avantures de Don Frenal, 12.
Arithmetique Abregé par F. G. P. 8.
Arithmeticien Familier par Binet, 12.
Ariovifte Hiftoire Romaine par Mad. de Roche-gilien, 12.
Atalantis de Madame Manley, 8. 3 voll.
Avanture de Telemaque, 12.
- - - le même en Efpagnol, 12.
- - - d'Apolonius de Tyr écrit dans le même ftile de Telemaque par le Br. 8.
- - - de Robinfon Crufoe, 12. 3 voll.
- - - Provinciales par le Noble 12. 2 voll.
- - - & Lettres Galantes, 12. 2 voll.
Bellegarde Reflexions fur ce qui peut plaire, 12. 2 vol.
- - - - - - fur le Ridicule, 8.
- - - - - fur la Politeffe des Mœurs, 12.
- - - Modele de Converfation.
- - - Vie Civile, 12.
- - - Maxime avec Exemple, 12.
- - - fur l'Elegance du ftile, 12.
- - - Caractere d'Epictete, 12.
- - - Lettres, 12.
Berger Fidele Italien & François, 12.
- - - François feul.
Baume de Galand.
Bible de Saci, fol. 3 vol.
- - - le même, 12. 8 vol. avec courte notes.

Bataille

Bataille Memorable des François, 12. 2 vol.
Bibliotheque Univerſel divers vol. ſeparé.
- - - Choiſie, 12. 27 vol. & vol. ſeparé.
- - - Ancienne & Moderne, div. vol. ſeparé.
- - - Eccleſiaſtique, divers vol. ſeparé.
Bonne & Sainte Penſées pour tout les Jours de la ſemaine, 12.
Cantique des Cantiques, 12.
Calviniſme & Papiſme mis en paralelle, 12. 4 vol.
Cauſe de la Corruption du Gout par Mad. Dacier, 12.
Campagne de Charles XII. Roi de Suede, 12.
Caracteres du vrai Chretien par Sibersma, 8.
Conformité des Ceremonies Chinoiſes avec l'Idatrie Grecque & Romaine, 12.
Cabinet des Fees, 12. 8 vol.
Choix de Bons Mots, 12.
Chriſtianiſme Raiſonnable par Mr. Locke, 8. 2 vol.
Cathechiſme de Supperville, 8.
- - - le même Abrége, 8.
- - - de Drelincourt, 8.
- - - Hiſtorique par Fleuri, 12.
- - - de Heidelberg, 8.
- - - d'Oſtervalt, 8.
- - - des Jeſuite, 12. 2 vol.
- - - du Concile de Trente. 8.
Conciliation de Moyſe avec St. Eſtienne, 8.
Cinquante Lettres d'Exortation & de Conſolation, 8.
Cours d'Operation de Chirurgie par Dionis, 8.
Contes de la Fontaine, 8. 2 vol.
- - - le même ſans fig. 12.
Conjecture de Nicolas de Cuſa, 8.
Conoiſſance des Eaux minerales d'Aix la Chapelle, 8.
Commentaire Philoſophique, 12. 2 vol.
- - - de J. Cæſar par d'Ablancourt, 12.
Combat Chrêtien par P. du Moulin, 8.

Comte de Warwik, 12.
Cuisinier François, 8.
Curce par Vaugelas avec le Latin, 12. 2 vol.
Conseils d'Ariste à Celimene, 8.
Constitution Unigenitus & le Nouv. Catechisme, 8.
Conduite pour se taire & pour Parles en Matiere de Religion.
Critique des Avantures de Telemaque, 2 vol. 12.
Consideration sur l'Eternité par l'Abely, 12.
Communion Sainte par Basnage, 8.
Comedies & Oeuvres de Plaute, 12. 9 vol.
- - - le même traduit par Guedeville, 10 vol. 12.
Czars Demetrius Hist. Moscovites, 12.
Cyropædie ou l'Histoire de Cyrus, 8. 2 vol.
Chaine d'Or, 8.
Continuation des Pensées sur les Cometes, 2 vol. 12.
Dictionaire François & Espagnol par Sorbino, 4. 2 vol.
- - - de la Langue Hebraique par Leigh, 4.
- - - de Proverbes François, 8.
- - - Latin & François par Danet, 4. 2 vol.
- - - Comique, Satyrique, Critiq. & Brulesque, 8.
- - - François & Anglois par Boyer, 4. 2 vol.
- - - de Bayle, fol. 4 vol.
Description Historique du Royaume de Macasar, 8.
- - - de la France, 12. 6 vol.
- - - de Paris, 12. 3 vol.
- - - Geographiq. du Royaume de Sardaigne. 12.
- - - des Os par Coursial, Petit & l'Emery, 12.
De la frequente Saigné dans la Cure des Fievres par Guyard.
Dissertation sur divers Matieres de Religion & de Philologie, 12. 2 vol.
Demonstration de l'Existence de Dieu par Fenelon, 8.
Divertissement Amoureux ou Recueil des Pieces enjouës, 12.

Dialogue

Dialogue Espagnol & François par Sorbrino.
- - - des grands Hommes aux Champs Elisée par Fenelon, 12.
- - - (Nouveaux) des Morts par le même, 8. 2 vol.
- - - entre le Diable Boiteux & le Diable Borgne, 12.
- - - entre Photin & Irenée sur le dessein de Reünion des Religions.
Diable d'Argent, du Procureur & Bequilles du Diable, 12.
Defense de la Justice du Conseil de Brabant dans la Cause de van de Nesse, 4.
Devoir des Maitres & des Domestiques par Fleuri, 12.
- - - de l'Homme & du Citoiens par Puffendorf, 8. 2 vol.
- - - des Grands par le Prince Conty, 8.
Diversitez Curieuses, 12.
Du Bon & du Mauvais Usages dans les manieres de s'exprimer de façons de parler Bourgeois.
Dogme de la Presence Reelle de la Transubstantiation par Cosin, 12.
Delices des Païs-Bas, 8. 4 vol.
- - - de l'Italie, 12. 6 vol.
- - - de la Suisse, 12. 4 vol.
Discours sur divers matieres de Morale par Cherart, 12. 4 vol. quatriéme Edition.
- - - sur l'utilité des Lettres & des Sciences par Barbeirac, 12.
- - - sur la Polysynodie, 12.
- - - sur la Liberté de Penser.
Drelincourt Consolation contre les frayeurs de la Mort, 8. 2 vol.
De la Mort & du Jugement dernier par Scherloc, 8.
Elemens d'Euclide par Deschales, 12.
Emblêmes d'Amour, 8. en 4 langue.
Escalier des Sages, fol.

Epitres & Evangiles avec Oraiſon par Denys Amelot, 12.
- - - de St. Paul avec Explication par Sacy, 12. 4 vol.
Eſſais d'Anatomie par Beddevole, 12.
- - - de Perſpective par 's Graveſande, 12.
Eſpion dans les Cours de l'Europe, 12. 6 vol.
Entretien ſur divers ſujets d'Hiſtoire de Litterature de Religion & de Critique, 12.
- - - de Metaphyſique & ſur la Religion par Malebranche, 12.
- - - d'Ariſte & d'Eugene par Bouhours, 12.
Eloquence du Tems enſeigne a une Dame de qualité, 12.
Education des Filles, 12.
- - - de la Jeuneſſe, 12.
Eſprit de Seneque.
Ecole des Finances ou l'Art de voler ſans ailes, 12.
- - - du Monde par le Noble, 12. 6 vol.
Etat de la Cour de Rome, 12. 3 vol.
- - des Royaumes de Barbarie, Tripolie, Tunis & Alger, 12.
- - de Suede, 8.
- - preſent de l'Egliſe Romaine, 8.
l'Erection de toutes les Terres Seigneuries & Familles Titrés du Brabant, fol.
Examen de l'Euchariſtie, 12.
- - - des Septantes Semaines de Daniël du vœu de Jephte, &c. 12.
- - - de Traité de la liberté de Penſer.
- - - de Soi-même par Claude.
Explication des Fables, 12. 2 vol.
Fauſſeté des vertus Humaines par Eſprit, 12. 2 vol.
Figures Hiſtorique du Vieux & du N. Teſtament accompagnie de Quadrains, Lat. en François, 8.

Fables

CATALOGUE.

Fables de la Fontaine, 8.
- - - le même ſans Figure.
- - - de Du Ruiſſeau, 8.
Feſtin Nuptial dreſſé dans l'Arabie, 8.
Faveurs & les diſgraces de l'Amour, 12.
Fortification de Coehoorn, 8.
Gazettier Menteur.
Gomgam ou l'Homme prodigieux, 2 vol.
Generation de l'Homme.
- - - des vers dans le Corps de l'Homme, 8.
Guide & Deſcription de la ville d'Amſterdam, 8.
Geographie par la Croix, 5 vol. 12.
- - - de Robbe.
Grammaire Françoiſe par Buffier, 12.
- - - François & Eſpagnole, 8.
- - - d'un tour Nouveau par Debraud, 12.
- - - Reduit en Fables par Grimarets, 12.
Grotius Droit de la Paix & de la Guerre, 4. 2 vol.
Hiſtoire de la Bible par Royaumont, 8. fig.
- - - le même, 4. fig.
- - - le même avec des Reflexions Morales par de Langues, 8. 3 vol. Genev.
- - - de Louïs XIV. par de Larrey, 12. 9 vol.
- - - le même, Tom. 5, 6, 7, 8 & 9 ſeparé.
- - - le même en 4to petit & grand pap.
- - - du V. & N. Teſt. par Baſnage, 12. 4 vol.
- - - des Sevarambes, 12.
- - - des Revolutions de Suede par Vertot, 12.
- - - de Portugal par le même, 12.
- - - Romaine par le même, 3 vol. 12.
- - - des Indes Orientales par Rennefort, 12.
- - - de Hyppolité Comte de Douglas.
- - - Geographie Ancienne & Moderne par Audifret, Tom. troiziéme.
- - - d'Herodote traduit par Du Ryer, 12. 3 vol.

Hiſtoire

Histoire Critique de la Creance & des Coutumes des Nations du Levant, 12.
- - - des Empereurs par Tillemont, 12.
- - - Abregé du Jansenisme, 8.
- - - d'Abelart & d'Eloïse, 12.
- - - de l'Empire d'Allemagne par Rocoles, 12.
- - - de Moïse, 12.
- - - du Marquis de Vico. 12.
- - - de Dom Quixotte, 8 vol. 12.
- - - de Hollande par Neuville, 12. 4 vol.
- - - ou Contes du Tems passée, 12.
- - - des Personnes qui ont vêcu plusieurs Siecles, 12.
- - - des Gaules par Bussi Rabutin. 12.
- - - du Prince Ragotzy, 12.
- - - & de la Vie de Monsr. Bayle, 12.
- - - des Negotiations de la Paix de Nimegue, 12.
- - - Generale des Drogues par Pomey, fol.
- - - des Païs-Bas, 4 vol. 8.
- - - & Memoires de l'Academie des Inscriptions & des Belles Lettres, 8 vol. 12.
- - - Abregé d'Espagne, 12.
- - - des Flagelans, 12.
- - - de France par le P. Daniël, 4. 7 vol.
- - - de Madame d'Henriette d'Angleterre, 8.
- - - de la Medecine par le Clerc, 12.
- - - de l'Academie par Pelisson, 12.
- - - de Timur Bec ou Tamerlan, 4 vol. 12.
- - - de Flandre par Strada, 3 vol. 12.
- - - du Cardinal Alberony, 12.
- - - du Congres d'Utreght, 12.
- - - du Prince d'Orange de Nassau, 2 vol. 8.
- - - de Pierre de Montmaur, 2 vol. 8.
- - - du Concile de Trente par du Pin, 2 vol. 8.
- - - & Avanture de Dona Rufine. 12.

Hue-

Huetiana, 12.
l'Homme de Coûr par Gracian, 12.
Jardinier Fleuriste par Leger, 2 vol. 12.
Introduction sur l'Histoire de France & sur la Romaïne par Demandes & Reponse par Rogois, 12.
- - - à l'Histoire par Puffendorf, 6 vol. 12.
Idée d'un Regne doux & Heureux, 12.
Illiades & Odisées d'Homere, 4 vol. 12.
Intrigues Amoureuses de la Cour de France, 12.
Instructions Theologiques & Morales sur l'Oraison Dominicale par Nicole, 12.
- - - sur le Decalogue par le même.
- - - sur le Symbole par le même.
- - - sur les Sacremens par le même.
Institution du Droit Ecclesiastiq. par Fleuri, 2 vol. 12.
Lettres Historique qui commence avec Janv. 1692. 47 vol. 12.
- - - & Memoire sur la derniére Guerre, 8.
- - - de Bentivoglio avec l'Italien à costé, 12.
- - - sur l'Entousiasme, 12.
- - - de Patin, 5 vol. 12.
- - - & Oeuvres de Voiture, 2 vol. 12.
- - - Philosophiques sur divers sujets, 12.
- - - de St. Augustin, 6 vol. 12.
- - - du Comte d'Estrate, 6 vol. 12.
- - - du R. P. le Comte touchant les Ceremonies de la Chine, 12.
- - - & Memoires de Bussi Rabutin, 8 vol. 12.
- - - Familieres & Galantes par Milleran, 8.
- - - Choisies sur divers Sujets de l'Academie, 8.
- - - Gaulantes du Chevalier d'Her, 12.
- - - Persannes, 2 vol. 12.
- - - Historiques & Galantes par Mad. de C***. 12
La Laugues, 8.
La Logique ou l'Art de Penser, 12.
Libertins de Campagne, 12.
L'Ame des Plantes, 12.

L'Utopie de Th. Morus.
Liturgie de l'Eglise Anglicane, 12.
Lucien d'Ablancourt, 2 vol. 8.
Matilde ou les Amours du Duc de **. 12.
Morales Chrêtiennes par Godeau, 3 vol. 12.
- - - de l'Evangiles par Lucas, 8.
Metamorphose d'Ovide en Rondeaux, 8.
- - - - par Corneille, 3 vol. 8.
Maniere de Negocier avec les Souverains par Callieres, 12.
Maniere de Bien penser par Bouhours, 12.
Monarchie Universelle de Louïs XIV. 2 vol. 12.
Malebranche Oeuvres diverses, 8 vol. 12.
- - - Meditations Chrêtiennes, 12.
Mercure Galant de l'an 1672. 4 vol.
- - - Espagnole, 12.
Methode pour bien prononcer un Discours par Bary, 12.
Menechmes, 12.
Malette de David, 12.
Maniére d'Entendre la Ste. Messe selon l'Esprit & l'intention de l'Eglise, 12.
Mots à la Mode & les Nouvelles façons de parler François, 12.
Menage de la Ville & des Champs & le Jardinier François, 12.
Mille & un Jour, 12. 5 vol.
Ministere du Cardinal de Mazarin, 12. 2 vol.
Menageana, 12. 4 vol.
Madrigaux de M. D. L. S. 12.
Mœurs des Chrêtiens par Fleury, 12.
Musique du Diable.
Memoire pour servir à l'Histoire des Sciences & des beaux Arts ou Journ. des Sav. de Trev. diverses.
Memoire pour servir à l'Histoire de Hollande par Auberi, 12.
Memoire de Comines, 8. 5 vol.

Memoire

Mémoire Concernant les Vies & les Ouvrages de plusieurs Auteurs Modernes par Ancillon, 12. 2 vol.
- - - des derniers Revolutions arrivées en Angleterre, 12. 2 vol.
- - - de la Cour de Vienne, 12.
- - - de Henri de Lorraine Duc de Guise, 12. 2 vol.
- - - pour servir à l'Histoire Ecclesiastique par Tillemont, 12. Tom. diverses.
- - - Anecdotes de la Cour & du Clerge de France par J. B. Denis, 12.
- - - & Instruction pour les Ambassadeurs par Walsigham, 12. 4 vol.
- - - du Duc de Navailles, 12.
- - - de Cavagnac, 12.
- - - de Montschal, 12. 2 vol.
- - - de la Cour d'Espagne par Mad. Dounoy.
- - - d'Angleterre par la même.
- - - du Comte de Brienne, 8. 3 vol.
- - - & Reflexions sur la Constitution Unigenitus.
- - - Historiques Politiques Critiques & Litterales, par Amelot de la Houssaye, 12. 2 vol.

Naudæana & Patiniana, 12.
Nouveau Traité de l'Education, 12. 2 vol.
Nouvelle Astré, 12.
Nouvelles decouvertes sur la Guerre dans une Dissertation sur Polybe, 8.
Nouvelles de Michel de Cervantes, 12. 2 vol.
- - - Methode pour aprendre à bien Ecrire, 12.
- - - Espagnoles par Mad. Dounoy, 12.
- - - Grammaire Flamande avec des Exercices pour faciliter cette Langue, 12.
- - - Grammaire Françoise, 12.
Nouveau Testament imprimé à Mons, 12.
- - - Recueil des Chansons Choisies, 12.
- - - Testament & Pseaumes.
- - - Rudiments de la Langue Latine.
- - - Criticon, 12.

Notes sur le Concile de Trente touchant les Points les plus importans, 8.
Oeuvres de Molieres, 12. 4 vol.
- - - de Racine, 2 vol. 12.
- - - de Regnart, 12. 2 vol.
- - - de St. Real, 12. 5 vol.
- - - de Don Quevedo, 2 vol. 12.
- - - de Boursault, 12. 2 vol.
- - - de Rapin, 12. 3 vol.
- - - de Mere, 12.
- - - Posthumes de Rohault, 12. 2 vol.
- - - de Crebillien, 12.
- - - Meslez par Mad. N **.
- - - Philosophique par Fenelon.
Oraison Funebres des Dauphins de Frances, 12.
- - - Funebre de Michel Morin, 8.
Ordonnance de Louïs XIV. pour les Matieres Criminels, 12.
Observations sur l'Art de faire la Guerre, 12.
Paralelle du Card. de Richelieu & Mazarin, 12.
- - - de Philippe II. & de Louïs XIV. 12.
Principes solides de la Religion & de la vie Chrêtienne apliqué à l'Education des Enfans, 12.
Passetems Agreable, 8. 2 vol.
Passe-partout Galant, 12.
Partissens demasque, 12.
Parnasse Reformée ou Guerre des Auteurs par Gueret, 12.
Philippique de Demosthene avec des Remarques, 8.
Plans ou description des deux Maisons de Pline, 12.
Pictet Theologie, 4. 2 vol.
Poggiana, 12. 2 vol.
Placette Traité des Bonnes Oeuvres, 12.
- - - de l'Aumone, 12.
- - - Essai de Morale, 12. 6 vol.
Prône de Messire Claude Joli, 5 vol. 12.
Prierres de Pictet, 12.

Project

Project d'une Dixme Royale par Vauban, 8.
Pratique de l'Humilité par Claude G. de la Mothe, 8.
- - - de Pieté traduit de l'Anglois, 12.
- - - du Theatre par l'Abbé d'Aubignac, 8. 2 vol.
- - - des Vertus Chrêtiennes traduit de l'Anglois corrigée par J. A. du Bourdieu, 8.
Preservatif contre la Reünion avec le Siége de Rome ou Apologie de nôtre separation d'avec ce Siége par l'Enfant, 4 vol. & l'Innocence du Catechisme de Heidelberg, 8.
les Predestinianisme au Sens absolu des Sublapsaire, 12.
Poësies d'Anacreon & de Sapho avec Remarques par Mad. Dacier, 8.
Provinciales ou Lettres avec notes de Wendrock, 8. 3 vol.
Portraits des Hommes Illustres François qui sont peints dans la Galerie du Palais.
- - - d'un Honneste Homme & d'une Honneste Demoiselle par Goussault, 12.
- - - Serieux, Galands & Critiques, 12.
Promenade de Clairinville, 12.
Politique de Juste Lipsius, 12.
Que la Religion Chrêtienne est très-Raisonnable, 8.
Reflexions ou Sentences & Maximes Morales de la Rochefoucault, 12.
- - - Morales Satiriques & Comiques, 8.
- - - sur l'Eloquence des Predicateurs par Mr. Arnauld, 8.
- - - Ancienne & Nouvelles sur l'Eucharistie, 12.
- - - sur l'Utilité des Mathematiques, 8.
- - - sur l'Origine, la Cause, la Propagation les Preservatifs & la Cure de la Peste par Maugeti, 12.
Religion des Anciens Chrêtiens par G. Cave. 8. 2 vol.
Reponse aux Questions d'un Provincial par Mr. Bayle, 12. 5 vol.

Recueil des Secrets de Curiositez par l'Emeri, 12. 2 vol.

- - - de quelques Piéces Nouvelles de Prose & de Poësies, 8.

- - - de diverses Piéces Choisies d'Horace, d'Ovide, de Catule, Marcial & d'Anacreon, 8.

- - - de Lettres & de divers Traitez de Messieurs Claude & Witsius & autres, 12.

- - - de diverses Piéces sur la Philosophie la Religion Naturelle, Hist. &c. par Leibniz, Clarke & Newton, 12. 2 vol

Relation du Voyage de la Mer du Zud par Fresier, 12. 2 vol.

Regles de la Poësies Françoises, 8.

- - - de la Vie Chrêtienne tirez de l'Ecriture Sainte, 12.

Royal Jeu de l'Ombre & du Piquet, 12.

Secretaire des Amans.

Science de la Cour par Cheviny, 12, 4 vol.

Secrets d'Albert le Grand, 12.

Sermons de J. Daillé diverse vol. 8.

- - - - de Mestrezard diverse vol. 8.

- - - - de Tilotson, 8.

- - - - de Saurin, 8. 5 vol.

- - - - de Bochart, 12. 3 vol.

- - - - de Crousaz, 8. 2 vol.

- - - - de Bourdalou, 8. 8 vol.

- - - - de Cheminais, 8 3 vol.

- - - - de Chenard, 12. 3 vol.

- - - - Gerouft, 2 vol. 12.

- - - - de Jaquelot, 12. 2 vol.

- - - - Fabri, 8. 2 vol.

- - - - de Claude, 12.

- - - - d'Ostervalt, 8.

- - - - de Pictet, 8.

- - - - de Scherlock, 8. 2 vol.

Sou-

Souverains du Monde, 8. 4 vol.
Sonnets Chrêtiens, 8.
Spectateur, 12. 5 vol.
Traité de la Devotion par Jurieu, 12.
- - - de la Divination de Ciceron par Desmarets, 8.
- - - de la Grammaire par le même, 12.
- - - de la Justification par Calvin, 12.
- - - du Poëme Epique, 8.
- - - du Choix & de la Methode des Etude par Fleuri, 12.
- - - de la Satire, 12.
- - - du Secret de Confession, 12.
- - - de toute sorte de Chasse & de Pêche, 12.
- - - des Source de Corruption, 8.
- - - des Quarrez Sublîmes par Poignard, 4.
- - - de la Raison Humaine traduit de l'Anglois, 12.
- - - de la Lumiére par C. H. D. Z. 4.
- - - Historique des Amazones, 12. 2 vol.
- - - d'Origene contre Celse traduit du Grec, 4.
- - - de la Peinture en Mignature, 12.
- - - Analytique des Sections Coniques &c. par le Marq. de l'Hospital, 4.
- - - des Bonnes Oeuvres par la Placette, 12.
- - - de l'Aumône par le même.
- - - ou Reflexions Chrêtiennes sur divers sujets, 12. par le même.
- - - des Jeux de Hazard contre Joncourt, 12. par le même
- - - du Pyrrhonisme de l'Eglise Romaine, 12. par le même.
- - - d'Optique par Newton, 12.
- - - de l'Education des Enfans par J. P. de Crousaz, 12 2 vol.
- - - du Beau par le même, 12.
- - - des Accouchemens par Dionis, 8.
Tragedie & autre Poësie de Mad. Barbier, 12.

Tetons

Tetons (les) Ouvrage Curieux, 12.
Theologie de Pictec, 4. 2 vol.
- - - Metaphysique divisée en sept Meditations, 8.
Tours de Maître Gorin, 8. 2 vol.
Teinturier Parfait, 12.
Theatre Italien, 6 vol. 12.
- - - de la Foire, 5 vol. 12.
- - - de la Grange, 12.
- - - de Corneille, 12. 10 vol.
Verité de la Religion Catholique par Mahis, 8.
- - - de la Religion Reformé par Gabilon, 12.
- - - sans Replique, 8.
Virgile Traduit en Vers par Segrais, 8. 2 vol.
Vie de Robinson Crusoé, 12. 3 vol.
- - & les Sentimens de Lucilo Vanini, 12.
- - de Boileau, 12.
- - d'Olivier Cromwel, 12. 2 vol.
- - de Gaieas Caraciol & l'Histoire de la fin Tragique de François de Spiere, 12.
- - Reglés des Dames qui veulent se Sanctifier dans le Monde, 12.
Valize Ouverte, 12.
Voiture Embourbée ou Roman Naturel, 12.
Voyage (second) au Royaume de Siam par le P. Tachard.
- - - d'Italie, 12. 4 vol.
- - - dans la Paléstine par la Roque, 12.
- - - de Bethel, 12.
- - - au Tour du Monde par Woodes Roger, 12. 2 vol.
- - - de Dampier, Tom. cinquiéme.
- - - d'Italie, d'Almatie, de Grece & du Levant par J. Spon, 12. 2 vol.
l'Utopie de Thomas Morus, 12.
Zayde Hist. Espagnole, 12.

FIN.

www.ingramcontent.com/pod-product-compliance
Ingram Content Group UK Ltd.
Pitfield, Milton Keynes, MK11 3LW, UK
UKHW012220240726
13966UKWH00003B/877

9 782011 929822